U0044819

進階日本語

陳連浚　阮文雅　陳亭希　陳淑女　陳瑜霞
楊琇媚　鄭玫玲　鄧美華　劉淑如　川路祥代　合著

全華圖書股份有限公司

序

　　本書接續全華圖書公司所出版的『基礎日本語』的內容，由同一教材編輯小組通力合作編寫而成，其特色如下：

一、全冊共十二課。每週三小時課程，為期一年的授課進度，適合第二外語的學習者。

二、每課的單元分成「單語」、「文型」、「用例」、「會話」、「練習問題」、「文法說明」及小專欄。

三、新出單字均標示重音及假名，方便學習者配合CD練習並熟記正確的發音。

四、文型配合日語能力測驗四級的內容，進度循序漸進，編排流暢自然。

五、用例及練習問題講求實際自然，會話的場面設定力求活潑實用。

六、文法說明深入淺出，能引導學習者充分理解。

七、小專欄介紹日本文化相關知識，內容廣泛實用，期能引發學習者高度的學習興趣。

八、附單字索引，方便檢索出處。

　　基於上述特點，本書不僅適合作為教科書，也符合自學者的需求，相信能夠幫助學習者輕鬆自然地學習日語。本書之教材編輯小組，在教材編寫上花費相當多的時間和心力，但相信仍有未臻完善之處，尚期盼各位先進不吝賜教。

「進階日本語」教材編輯小組

範　例

❋ 課文內容

　　本書延續『基礎日本語』的編輯方式，每一課分成「單語」、「文型」、「用例」、「會話」、「練習問題」、「文法說明」以及小專欄等各個部分。其內容大致如下：

　　「單語」　　　新單字，加注重音及中譯。

　　「文型」　　　主要句型。

　　「用例」　　　以實例說明句型。

　　「會話」　　　設定各種不同場面，練習對話。

　　「練習問題」　根據主要句型，以代換等方式來進行練習。

　　「文法說明」　就主要文法事項，提供淺顯易懂的說明。

　　「小專欄」　　介紹日本文化相關知識。

❋ 略號及記號

　　⓪　　　　　重音（平板型）

　　①　　　　　重音（重音在第一音節）

　　②　　　　　重音（重音在第二音節）

　　③　　　　　重音（重音在第三音節）

　　（以下類推，另本書只列出最常使用的重音。）

（名）	名詞（含地名、國名）	（接續）	接續詞
（感）	感歎詞	（副助）	副助詞
（副）	副詞	（接尾）	接尾詞
（動）	動詞	（英）	外來語語源（英語）
（動Ⅰ）	第一類動詞	（荷）	外來語語源（荷蘭語）
（動Ⅱ）	第二類動詞	（葡）	外來語語源（葡萄牙語）
（動Ⅲ）	第三類動詞	（法）	外來語語源（法語）
（イ形）	イ形容詞	（德）	外來語語源（德語）
（ナ形）	ナ形容詞	（義）	外來語語源（義大利語）
（連體）	連體詞	（姓）	姓氏
（助動）	助動詞		

（　）　可省略之處，例如：（李さんは）韓国人です。

／　　可視需要，選取其中一種來使用。

　　　　例如：これ／それ／あれは　　[N]です。

—　　問答句中的答句

→　　解答，例如：→それは　林さんの　本です。

／　　尾音上揚

＊　　特殊用法

[N]　　名詞

[N₁]　本句第一個名詞

[N₂]　本句第二個名詞

[N₃]　本句第三個名詞

[N₄]　本句第四個名詞

[Na]　ナ形容詞

[Aい]　イ形容詞

[A]　　形容詞

[V]　　動詞

[V₁]　本句第一個動詞

[V₂]　本句第二個動詞

[数詞]　數量詞

[時間]　表示時間的語詞

ます　刪去

 CD　有錄音部分

目 録

⓪	よてい	予定	[名]	預定
⓪	すきやき		[名]	壽喜燒
①	げしき	景色	[名]	風景
③	せんもんてん	専門店	[名]	專賣店
①	メーカー		[名]	廠商（英maker）
⓪	あそぶ	遊ぶ（遊びます）	[動Ⅰ]	玩
②	かわく	渇く（渇きます）	[動Ⅰ]	口渴
⓪	はじまる	始まる（始まります）	[動Ⅰ]	開始
⓪	みおくる	見送る（見送ります）	[動Ⅰ]	送行
③	アルバイトする	アルバイトする（アルバイトします）	[動Ⅲ]	打工（德Arbeit）
①	とる	撮る（撮ります）	[動Ⅰ]	照相
②	いたい	痛い	[イ形]	痛的
③	さびしい	寂しい	[イ形]	寂寞的
⓪	いちばん	一番	[副]	最

ようこそ　～へ　いらっしゃいました		歡迎蒞臨～
いいんですか		可以嗎？
～ともうします	～と申します	敝姓～

文型

1．[N]が　ほしいです。

2．[N]が／を　[V]~~ます~~たいです。

3．[N](場所)へ　[V]~~ます~~／[V N]　に行きます。

4．〜は　〜語で　〜と　言^いいます。

5．[N₁]という[N₂]を　知^しっています。

用例 CD 02

1．誕生日に何がほしいですか。
　　― 新しい車がほしいです。

2．何が飲みたいですか。
　　― コーヒーが飲みたいです。

3．映画を見に行きます。
　　デパートへ買い物に行きます。

4．「コーラ」は中国語で何と言^いいますか。

5．「山田さん」という人を知^しっていますか。
　　― はい、知^しっています。
　　― いいえ、知^しりません。

会 話 一

 CD 03

鈴木：　ようこそ日本へいらっしゃいました。日本は初_{はじ}めて
　　　　ですか。

林　：　ええ、初_{はじ}めてです。

鈴木：　どこへ行きたいですか。

林　：　そうですね。まず、秋葉原_{あきはばら}へ買い物に行きたいです。

鈴木：　そうですか。電気製品_{でんきせいひん}を買いたいですか。

林　：　はい、デジカメがほしいです。それから、おいしいお
　　　　寿司も食べたいです。相撲_{すもう}も見に行きたいですね。

鈴木：　そうですか。有名な相撲_{すもう}の力士_{りきし}を知_しっていますよ。

林　：　何という力士_{りきし}ですか。

鈴木：　「鷹_{たか}の山_{やま}」という力士_{りきし}です。明日、一緒に彼の試合_{しあい}
　　　　を見に行きませんか。

林　：　本当にいいんですか。ぜひお願いします。

会話二

入国審査の所で

張	：	パスポートです。お願いします。

張　　　　　：　パスポートです。お願いします。

入国審査官：　お名前は何と言いますか。

張　　　　　：　張と申します。

入国審査官：　張さんですね。どこに泊まりますか。

張　　　　　：　「富士山」という民宿です。

入国審査官：　そうですか。日本へ何をしに来ましたか。

張　　　　　：　入学試験を受けに来ました。大阪大学工学部に入りたいです。将来、エンジニアになりたいです。

入国審査官：　分かりました。どうぞ。

張　　　　　：　どうもありがとうございました。

練習問題

1．次の表を完成しなさい。

動詞類型	ます形	Vますたいです	Vますに行きます
I 類	買います	買いたいです	買いに行きます
	聞きます		
	泳ぎます		
	飲みます		
	遊びます		
II 類	起きます		
	見ます		
	受けます		
	食べます		
III 類	来ます		
	します		
	勉強します		
	テニスします		

２．例のように言いなさい。

例 今、何がほしいですか。（時計）

→ 今、時計がほしいです。

① 今、何がほしいですか。（彼女）

→

② 今、何がほしいですか。（マフラー）

→

③ 今、何がほしいですか。（新しい靴）

→

④ 今、何がほしいですか。（新しいコンピュータ）

→

⑤ 今、何がほしいですか。（デジカメ）

→

⑥ 今、何がほしいですか。（人形）

→

⑦ 今、何がほしいですか。（携帯電話）

→

３．例のように言いなさい。

例1 おなかがすきました。（カレーライス・食べます）

→ おなかがすきました。カレーライスが／を食べたいです。

例2 明日は試験です。（今日・図書館・勉強します）

→ 明日は試験です。今日図書館で勉強が／をしたいです。

① のどが渇きました。（お茶・飲みます）

→ _____

② 土曜日は暇です。（サッカー・します）

→ _____

③ 頭が痛いです。（家・帰ります）

→ _____

④ 一人で寂しいです。（友達・遊びます）

→ _____

⑤ 日本語を勉強します。（将来・日本語の先生・なります）

→ _____

⑥ オリンピックが始まりました。（水泳・見ます）

→ _____

4. 例のように言いなさい。

例1 去年・日本・相撲・見ます・行きます

→ 去年日本へ相撲を見に行きました。

例2 昨日・図書館・勉強します・行きます

→ 昨日図書館へ勉強に行きました。

① 昨日の午後・スーパー・パン・買います・行きます

→ _____

② ゆうべ・お酒・飲みます・行きます

→ _____

③ 今朝・プール・泳ぎます・行きます

→ _____

④ 九時半・学校・勉強します・来ます

→ _____

⑤ おととい・空港・見送ります・行きます

→ _____

⑥ 先週の日曜日・コンビニ・アルバイトします・行きます

→ _____

５．例のように言いなさい。

例　「謝謝」・日本語

→　「謝謝」は日本語で何と言いますか。

① 「さようなら」・中国語
→

② 「おはよう」・英語
→

③ 「書桌」・日本語
→

④ 「好きです」・韓国語
→

⑤ 「分かりません」・台湾語
→

⑥ 「You are welcome」・日本語
→

６．次の質問に答えなさい。

① 誕生日に何が一番ほしいですか。
→

② 晩ご飯は何が食べたいですか。
→

③ 図書館へ何をしに行きますか。

→ _____

④ 将来、何になりたいですか。
　　　しょうらい

→ _____

⑤ 今日の予定は何ですか。
　　　　　よてい

→ _____

⑥ すきやきという日本料理を知っていますか。
　　　　　　　　　　　　　　　　し

→ _____

7. （　）の中に助詞を入れ、文章を完成しなさい。

スミスさんへ

　お元気ですか。

　先月、友達（　　）北海道（　　）旅行（　　）行きました。景色はとてもき
　　　　　　　　　　　　　　　　　　　　　　　　　　けしき
れいでした。写真（　　）撮りたかったんですが、カメラがありませんでした。いいカ
　　　　　　　　　　と
メラ（　　）ほしかったですから、「松山カメラ」（　　）いう専門店（　　）カメラ
　　　　　　　　　　　　　　まつやま　　　　　　　　　せんもんてん
（　　）買い（　　）行きました。そこで、デジカメ（　　）買いました。CAN（　　）
いうカメラメーカー（　　）知っていますか。とても有名なメーカーですよ。北海
道の旅行はとても楽しかったです。来年も日本（　　）行きたいです。一緒に行
きましょう。

　　　　　　　　　　　　　　　　　　　　　　林　より
　　　　　　　　　　　　　　　　　　　　　　10月1日

文法説明

1. [N]がほしいです。

> 例　**自転車がほしいです。**（想要腳踏車。）

「ほしい」的意思是「想要～(名詞)」，想要的物品名詞用「が」提示。否定說法為「ほしくないです」或「ほしくありません」。注意不可用於第三人稱。

2. [N]が／を[V]~~ます~~たいです。

> 例　**自転車が買いたいです。**
> 　　**自転車を買いたいです。**
> 　　（想買腳踏車。）

「たい」的前面接動詞的ます形（去掉ます），意思是想要進行某個動作。原本提示動作受詞的「を」也可以用「が」代替。若為「に」「へ」等助詞，則不能用「が」代替。否定說法為「～たくないです」或「～たくありません」，不可用於第三人稱。

3. [N](場所)へ[V]~~ます~~／[VN]に行きます。

> 例　**デパートへ自転車を買いに行きます。**（去百貨公司買腳踏車。）
> 　　**デパートへ買い物に行きます。**（去百貨公司買東西。）
> 　　**日本語を勉強しに行きます。** →　**日本語の勉強に行きます。**（去學日語。）

助詞「に」表目的，前接動詞的「ます形」（去掉「ます」）以及動作性名詞。後接「来ます」、「行きます」、「帰ります」等來去動詞。「へ」表前往的場所，「日本語を勉強しに行きます」也可以說成「日本語の勉強に行きます」。

4. 〜は〜語で〜と言います。

> 例 「コーラ」は中国語で「可樂」と言います。
> （「コーラ」用中文說成「可樂」。）

助詞「で」表方法、手段，前接某種語言；「と」則表引述的內容。

5. [N₁]という[N₂]を知っています。

> 例 山田さんという人を知っていますか。（你知道叫山田的人嗎？）
> ― はい、知っています。（是的，我知道。）
> ― いいえ、知りません。（不，我不知道。）

「という」是「稱為〜」「叫做〜」的意思。「知っています」的意思是「知道」或「認識」，「不知道」或「不認識」則只能用否定形「知りません」來表示。

什麼是相撲？

相撲是日本的傳統競技，已有一千多年歷史。簡單來說就是兩個大胖子登台比賽，看誰先將對方摔倒或推出圈子外。相撲的場所稱為「土俵（どひょう）」，選手稱為「力士（りきし）」，力士的腰間圍著一塊腰布叫做「廻し（まわし）」，若此腰布被扯下也算輸。正式的職業選手稱為「関取（せきとり）」，以戰績等決定等級，最高者為「横綱（よこづな）」依次為「大関（おおぜき）」、「関脇（せきわけ）」等。比賽時，會有一位叫做「行司（ぎょうじ）」的裁判拿著扇子判輸贏，若横綱意外輸給階級不高的力士，觀眾會把自己的坐墊丟出去滿天飛舞，稱為「座布団（ざぶとん）の舞（まい）」。雖然有趣，也得小心不要被砸傷了。

筆 記 欄

第 2 課　夕日はきれいだと思います

単語　　　　　　　　　　　　　　　🔊 CD 05

1	たんすい	淡水	[名]	淡水
0	ゆうひ	夕日	[名]	夕陽
1	おくさん	奥さん	[名]	稱呼別人的太太
2	おふろ	お風呂	[名]	浴缸；澡池
0	からだ	体	[名]	身體
5	かいがいりょこう	海外旅行	[名]	海外旅行
2	おもう	思う（思います）	[動 I]	想；覺得
0	けっこんする	結婚する（結婚します）	[動III]	結婚
1	とる	取る（取ります）	[動 I]	取得
0	あらう	洗う（洗います）	[動 I]	洗
0	だけ		[副助]	僅；只
0	じかん	時間	[名]	時間
0	こうつう	交通	[名]	交通
6	エム・アール・ティー	ＭＲＴ	[名]	捷運
2	かかる	掛かる（掛かります）	[名]	花費；耗（時間；金錢）
1	えき	駅	[名]	車站

0	みっか	三日	[名]	三號；三日
1	まど	窓	[名]	窗戶
2	チケット		[名]	票（英 ticket）
3	いっしゅうかん	一週間	[名]	一星期
0	しゅっちょうする	出張する （出張します）	[動III]	出差
0	でかける	出掛ける（出掛けます）	[動II]	出門
1	あう	会う（会います）	[動I]	見面
2	しめる	閉める（閉めます）	[動II]	關
2	はなす	話す（話します）	[動I]	說話
0	はっぴょうする	発表する （発表します）	[動III]	發表
0	れんしゅうする	練習する （練習します）	[動III]	練習
0	よしゅうする	予習する （予習します）	[動III]	預習
0	とおい	遠い	[イ形]	遠的
0	ひつよう（な）	必要（な）	[ナ形]	必要的
0	まじめ（な）	真面目（な）	[ナ形]	認真的

ああ、そうみたいですね。	哦，好像是那樣子呢！
あ、そうそう	啊，對了！
どのくらい	多久；多少

文型

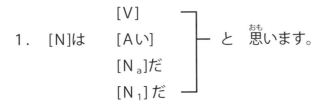

1.　[N]は　[V] [Aい] [N$_a$]だ [N$_1$]だ — と 思^{おも}います。

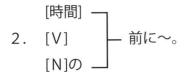

2.　[時間] [V] [N]の — 前に～。

3.　[N]は　～だけです。

用 例

 CD 06

1．田中さんは明日パーティーに行くと思^{おも}います。

2．鈴木さんは今日は忙しいと思^{おも}います。

3．淡水^{たんすい}の夕日^{ゆうひ}はとてもきれいだと思^{おも}います。

4．あの人は誰ですか。
　　―木村さんの奥^{おく}さんだと思^{おも}います。

5．三年前に結婚^{けっこん}しました。

6．子供は一人だけです。

7．海外旅行^{かいがいりょこう}の前に、パスポートを取^とります。

8．お風呂^{ふろ}に入る前に、体^{からだ}を洗^{あら}います。

敬体と常体

			敬　体	常　体
動詞	肯定	I 類	書きます	書く
			あります	ある
		II 類	見ます	見る
			食べます	食べる
		III 類	来ます	来る
			します	する
イ形容詞	肯定		暑いです	暑い
	否定		暑くありません	暑くない
ナ形容詞	肯定		簡単です	簡単だ
	否定		簡単ではありません	簡単ではない
名詞	肯定		休みです	休みだ
	否定		休みではありません	休みではない

会話

 CD 07

田中： ねえ、あの人は林さんじゃありませんか。

陳　： ああ、そうみたいですね。

田中： 林さんはどこへ行きますか。

陳　： もうこの時間ですから、たぶんアルバイトに行くと思いますが。

田中： そうですか。

陳　： あ、そうそう。明日、一緒に淡水へ遊びに行きませんか。

田中： 淡水はどんなところですか。

陳　： 海も夕日も見えますから、いいところだと思いますよ。

田中： 交通は便利ですか。

陳　： ええ、ＭＲＴがありますから、便利ですよ。

田中： どのくらい掛かりますか。

陳　： 30分くらい掛かります。

田中： じゃ、行きましょうか。

陳　： ええ、行きましょう。

練習問題

１．例のように敬体を常体にしなさい。

　　例1　電話します　→　電話する

　　　（1）遊びます　　（2）会います　　（3）練習します

　　　（4）取ります　　（5）来ます　　　（6）食べます

　　例2　おいしいです　→　おいしい　→　おいしくない

　　　（1）寒いです　　（2）小さいです　　（3）暖かいです

　　　（4）楽しいです　　（5）暑いです　　（6）多いです

　　例3　静かです　　　　→　静かだ　　　　→　静かではない

　　　　日本人です　　　→　日本人だ　　　→　日本人ではない

　　　（1）元気です　　　　（2）辞書です　　　　（3）親切です

　　　（4）にぎやかです　　（5）学校です　　　　（6）ホテルです

２．例のように練習しなさい。

　　例　鈴木さんは来月出張します。

　　　→　鈴木さんは来月出張すると思います。

　　①　母は五時に出掛けます。

　　→ _____

　　②　先生は毎日学校へ来ます。

　　→ _____

③　彼は明日も8時に起きます。

→ _____

④　田中さんは来年国へ帰ります。

→ _____

⑤　妹はこれから日本語を勉強します。

→ _____

3. 例のように文を完成しなさい。

例1　**明日・寒いです**

　　→　**明日は寒いと思います。**

例2　**ここ・静かです。**

　　→　**ここは静かだと思います。**

①　あのデパートのもの・安いです

→ _____

②　駅・ここから遠くありません

→ _____

③　パスポート・写真が必要です

→ _____

④　あの人・真面目ではありません

→ _____

⑤ あの人・山田さんです

→ _____

⑥ あれ・先生の辞書ではありません

→ _____

4．例のように文を完成しなさい。

例1 お風呂に入ります・体を洗います。

→ お風呂に入る前に、体を洗います。

例2 旅行・パスポートを取ります。

→ 旅行の前に、パスポートを取ります。

例3 三日・陳さんに会いました。

→ 三日前に、陳さんに会いました。

① 出掛けます・窓を閉めます。

→ _____

② 発表します・練習します。

→ _____

③ 試験・勉強します。

→ _____

④ 授業・予習します。

→ _____

⑤　一週間・先生に話しました。

→ _____

⑥　二時間・ご飯を食べました。

→ _____

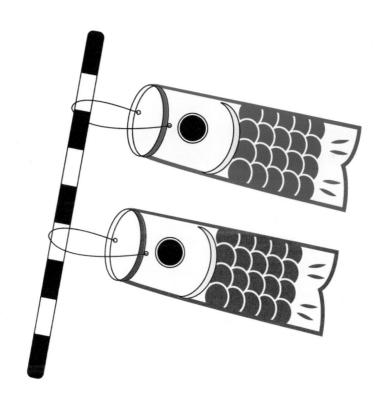

文法說明

1. [N]は $\left.\begin{array}{l} \text{[V]} \\ \text{[Aい]} \\ \text{[Na]だ} \\ \text{[N}_1\text{]だ} \end{array}\right\}$ と　思います。

　　「～と思います」是「我認為～」、「我想～」、「我覺得～」的意思，因為一般多用在第一人稱，故主詞「私は」可省略。

　　如下所示，「[N]は～と思います」前面可接動詞、イ形容詞、ナ形容詞、名詞，且均須為常體。

(1) 動詞（[V]）

　例　王さんは来ると思います。（我想王先生會來的。）
　　　先生は毎日学校へ行くと思います。（我想老師天天都會去學校。）

(2) イ形容詞（[Aい]）

　例　ここのラーメンはおいしいと思います。
　　　（我覺得這裡的拉麵很好吃。）
　　　ここのラーメンはおいしくないと思います。
　　　（我覺得這裡的拉麵不好吃。）

(3) ナ形容詞（[Na]だ）

　例　この辺は静かだと思います。（我覺得這一帶很安靜。）
　　　この辺は静かではないと思います。（我覺得這一帶並不安靜。）

(4) 名詞（[N]）

例 **彼は日本人だと思います。**（我想他是日本人。）
　　彼は日本人ではないと思います。（我想他不是日本人。）

「～と思います」的前面若接的是名詞，其接續與「ナ形容詞」同。

2. $\left.\begin{array}{l}\text{[時間]} \\ \text{[V]} \\ \text{[N]の}\end{array}\right\}$ 前に～。

例 **三年前に結婚しました。**（三年前結婚了。）
　　ご飯を食べる前に、手を洗います。（吃飯前要洗手。）
　　海外旅行の前に、パスポートを取ります。（海外旅行前，要辦好護照。）

時間＋「前に」的用法，例如：「一時間前に」；「二日前に」；「三週間前に」；「四ヶ月前に」等等。

「前に」前面為動詞時，動詞須是「辞書形」。例如：「帰る前に」；「結婚する前に」。

「前に」前面為名詞時，則須在名詞與「前に」之間加上「の」。例如「試験の前に」；「食事の前に」等等。

3. [N]は～だけです。

例 **今日のテストは英語だけです。**（今天的考試只有英語。）
　　子供は一人だけです。（小孩只有一人。）

「だけ」前面加名詞及數量詞，表示限定，中文翻成「只」；「僅」的意思。

你知道嗎？

日本交通小常識

日本的大眾運輸工具，除了日本國鐵（Japan Railway，簡稱JR）之外，尚有私鐵、地下鐵及巴士等。其中，日本火車套票，即「Japan Rail Pass」是專門針對國外觀光客所設計的優惠票，其發售僅限定於日本國外，使用期限分為七天，十四天及二十一天等三種；車廂則依等級分為「グリーン車」（商務車廂）及「普通車」（標準車廂）兩種，價錢亦不相同。由於「Japan Rail Pass」既方便又便宜，因此很受國外觀光客的歡迎。

此外，私鐵及地下鐵、巴士等，有時也會販售一日乘車券（例如「東京地下鉄一日乗車券」），有些城市的地下鐵甚至還推出週末卡（「土日カード」），提供乘客於週末假期一整天內，可無限次利用的優惠。

一日乘車票券
16年11月27日
700円　東京都交通局

第 3 課　コーヒーとお茶とどちらが好きですか

単語 CD 08

4	ソフトボール	[名]	壘球（英softball）
1	しゅみ	趣味	[名]	興趣
1	ゴルフ	[名]	高爾夫球（英golf）
9	にほんごのうりょくしけん	日本語能力試験	[名]	日語能力測驗
0	ぶんぽう	文法	[名]	文法
0	ちょうかい	聴解	[名]	聽力
1	ごい	語彙	[名]	單字
5	かんこくりょうり	韓国料理	[名]	韓國料理
5	イタリアりょうり	イタリア料理	[名]	義大利料理
1	ピザ		[名]	披薩（義pizza）
1	え	絵	[名]	圖；繪畫
2	ゆめ	夢	[名]	夢想
3	てんらんかい	展覧会	[名]	展覽會
1	かく	描く（描きます）	[動 I]	畫
2	ひらく	開く（開きます）	[動 I]	開

⓪	おたがいに	お互いに	［副］	相互
⓪	ボウリング		［名］	保齢球（英bowling）
⓪	もも	桃	［名］	水蜜桃
②	いちねん	一年	［名］	一年
⓪	かもく	科目	［名］	科目
①	マンション		［名］	公寓（英mansion）
⓪	あね	姉	［名］	姊姊
⓪	しょうせつ	小説	［名］	小說
⓪	じんこう	人口	［名］	人口
⑤	ビタミンシー	ビタミンC	［名］	維他命C（英vitamin C）
①	ダンス		［名］	跳舞（英dance）
⑤	テレホンカード		［名］	電話卡（英telephone card）
②	ドライブ		［名］	開車兜風（英drive）
⓪	うどん		［名］	烏龍麵
⓪	ぶたにく	豚肉	［名］	豬肉
⓪	ぎゅうにく	牛肉	［名］	牛肉
③	あつめる	集める（集めます）	［動Ⅱ］	收集
②	はやい	速い	［イ形］	快速的
③	きびしい	厳しい	［イ形］	嚴格的

0	にがて（な）	苦手（な）	［ナ形］不拿手的
2	とくい（な）	得意（な）	［ナ形］拿手的

せかいいっしゅう	世界一周	環遊世界
せがたかい	背が高い	個子高
せがひくい	背が低い	個子矮

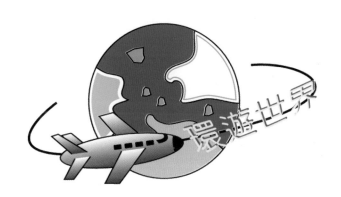

文 型

1. [N₁ (範圍)]で [N₂]が 一番[Aい]／[Na]です。

2. [N₁]は [N₂]より [Aい]／[Na]です。

3. [N₁]と [N₂]と どちらが [Aい]／[Na]ですか。

4. [N₁]より [N₂]のほうが [Aい]／[Na]です。

5. [V]ことです。

6. [N₁]は ～が、[N₂]は ～。

用 例

 CD 09

1. スポーツで何が一番好きですか。
   ― ソフトボールが一番好きです。

2. 中国は日本より広いです。

3. コーヒーとお茶とどちらが好きですか。
   ― コーヒーよりお茶のほうが好きです。
   ― どちらも好きです。
   ― どちらも好きではありません。

4. 趣味は何ですか。
   ― 写真を撮ることです。

5. 私は水泳はしますが、ゴルフはしません。

会 話 一

 CD 10

林 ： ただいま。

陳 ： お帰りなさい。今日の日本語能 力 試験はどうでしたか。

林 ： とても難しかったです。去年の能 力 試験のほうがやさ
しかったです。

陳 ： 何が一番難しかったですか。

林 ： 文法が一番難しかったです。

陳 ： 聴 解と語彙とどちらが難しかったですか。

林 ： どちらも難しくなかったです。ああ、おなかがすき
ました。一緒にご飯を食べに行きませんか。

陳 ： ええ、いいですよ。

林 ： 韓国 料 理とイタリア 料 理とどちらが好きですか。

陳 ： 韓国 料 理よりイタリア 料 理のほうがずっと好きです。

林 ： イタリア 料 理で何が一番おいしいと思いますか。

陳 ： ピザが一番おいしいと思います。

林 ： そうですか。私もピザが好きです。一緒に食べに行
きましょう。

会話二

CD 11

木村： 鈴木さんの趣味は何ですか。

鈴木： 絵を描くことです。子供の時から絵が大好きです。木村さんの趣味は。

木村： 旅行することです。いつか世界一周旅行したいです。

鈴木： そうですか。私の夢はいつか展覧会を開くことです。

木村： いいですね。お互いに頑張りましょう。

練習問題

1．例を見て、文を作りない。

例 スポーツで何が一番好きですか。（ボウリング）

→ 　ボウリングが一番好きです。

① 果物で何が一番おいしいですか。（桃）

→ _____

② 一年で何月が一番寒いですか。（一月）

→ _____

③ 一週間で何曜日が一番忙しいですか。（水曜日）

→ _____

④ 日本でどこが一番きれいですか。（北海道）

→ _____

⑤ 家族で誰が一番背が高いですか。（父）

→ _____

⑥ 科目で何が一番苦手ですか。（数学）

→ _____

2．例を見て、文を作りなさい。

例 中国・日本・大きい

→ **中国は日本より大きいです。**
_____

① 7月・6月・暑い

→ _____

② 数学・国語・苦手(にがて)だ

→ _____

③ 山田さんのマンション・小林さんのマンション・新しい

→ _____

④ 北海道・沖縄・涼しい

→ _____

⑤ 木村さん・山田さん・きれいだ

→ _____

⑥ 姉(あね)・妹・背(せ)が低(ひく)い

→ _____

3．例を見て、文を作りなさい。

例 コーヒー・紅茶・好きだ

→ **コーヒーと紅茶とどちらが好きですか。**
_____

① 小説・漫画・おもしろい

→ _____

② 東京・北海道・人口が多い

→ _____

③ 田中の部屋・高橋さんの部屋・静かだ

→ _____

④ 英語・日本語・得意だ

→ _____

⑤ 飛行機・電車・速い

→ _____

⑥ テレビ・パソコン・ほしい

→ _____

4．例を見て、文を作りなさい。

例 コーヒー・紅茶・好きだ（コーヒー）

　　A：コーヒーと紅茶とどちらが好きですか。

　　B：紅茶よりコーヒーのほうが好きです。

① ビール・お酒・いい（ビール）

A： _____

B： _____

② お父さん・お母さん・厳しい（きび）（お父さん）

A：＿＿＿＿＿＿＿＿＿＿＿＿＿＿＿＿＿＿＿＿＿＿＿＿＿＿

B：＿＿＿＿＿＿＿＿＿＿＿＿＿＿＿＿＿＿＿＿＿＿＿＿＿＿

③ 田中さん・木村さん・歌が上手だ（田中さん）

A：＿＿＿＿＿＿＿＿＿＿＿＿＿＿＿＿＿＿＿＿＿＿＿＿＿＿

B：＿＿＿＿＿＿＿＿＿＿＿＿＿＿＿＿＿＿＿＿＿＿＿＿＿＿

④ 台湾・タイ・暑い（タイ）

A：＿＿＿＿＿＿＿＿＿＿＿＿＿＿＿＿＿＿＿＿＿＿＿＿＿＿

B：＿＿＿＿＿＿＿＿＿＿＿＿＿＿＿＿＿＿＿＿＿＿＿＿＿＿

⑤ バナナ・みかん・ビタミンＣ（シー）が多い。（みかん）

A：＿＿＿＿＿＿＿＿＿＿＿＿＿＿＿＿＿＿＿＿＿＿＿＿＿＿

B：＿＿＿＿＿＿＿＿＿＿＿＿＿＿＿＿＿＿＿＿＿＿＿＿＿＿

⑥ 今月・来月・暇だ（来月）

A：＿＿＿＿＿＿＿＿＿＿＿＿＿＿＿＿＿＿＿＿＿＿＿＿＿＿

B：＿＿＿＿＿＿＿＿＿＿＿＿＿＿＿＿＿＿＿＿＿＿＿＿＿＿

５．例を見て、文を作りなさい。

例 趣味（しゅみ）は何ですか。（写真を撮ります）

→ 写真を撮ることです。＿＿＿＿＿＿＿＿＿＿＿＿＿＿＿

① ダンスをします。

→ _____

② 日本のテレホンカードを集（あつ）めます。

→ _____

③ ドライブをします。

→ _____

④ 小（しょう）説（せつ）を読みます。

→ _____

⑤ スポーツをします。

→ _____

⑥ 絵（え）を描（か）きます。

→ _____

6. 例を見て、文を作りなさい。

例 私はテニスをします。ゴルフをしません。

→ 私はテニスはしますが、ゴルフはしません。

① 王さんはお酒を飲みます。ビールを飲みません。

→ _____

② 鈴木さんはラーメンが好きです。うどんが嫌いです。

→ _____

③ 木村さんはサッカーが得意です。水泳が苦手です。

→ _____

④ 小林さんはテレビを見ます。映画を見ません。

→ _____

⑤ 李さんは豚肉を食べます。牛肉を食べません。

→ _____

⑥ 田中さんは小説を読みます。漫画を読みません。

→ _____

文法説明

1. [N₁（範圍）] で [N₂] が一番 [Aい] ／ [Na] です。

> 例　A：果物で何が一番おいしいですか。（水果中什麼最好吃？）
>
> 　　B：桃が一番おいしいです。（水蜜桃最好吃。）
>
> 　　A：スポーツで何が一番好きですか。（運動項目中你最喜歡什麼？）
>
> 　　B：テニスが一番好きです。（我最喜歡網球。）

[N₁]表示一個較大範圍的名詞，「で」是助詞，表範圍的限定。

2. [N₁] は [N₂] より [Aい] ／ [Na] です。

> 例　地下鉄はバスより速いです。　　（地下鐵比巴士快。）
>
> 　　日本語は英語より得意です。　　（日文比英文拿手。）

「より」是助詞，接在名詞後面，相當於中文的「比」的意思，以[N₂]為基準，敘述[N₁]的狀態和性質。

3. [N₁] と [N₂] とどちらが [Aい] ／ [Na] ですか。
　　[N₁] より [N₂] のほうが [Aい] ／ [Na] です。

> 例　日本語と英語とどちらが難しいですか。
>
> 　　（日文和英文哪一個比較難？）
>
> 　　→ 日本語より英語のほうが難しいです。………(1)
>
> 　　　（英文比日文難。）
>
> 　　→ どちらも難しいです。………(2)
>
> 　　　（都很難。）
>
> 　　→ どちらも難しくありません。………(3)
>
> 　　　（都不難。）

「[N₁]と[N₂]とどちらが[Aい]／[Na]ですか」是二擇一的問句，其回答方式有以上**(1)**兩者選其一**(2)**兩者皆是**(3)**兩者皆非。

4. [V]ことです。

例 私の趣味は 読書 です。

→ 私の趣味は 本を読む ことです。（我的興趣是看書。）

趣味は □□□□ です。□□□□ 的部分必須是名詞，所以當前面出現動詞時，須加上「こと」，將句子名詞化。

5. [N₁]は～が、[N₂]は～。

例 豚肉は食べますが、牛肉は食べません。
（我吃豬肉但不吃牛肉。）

「は」是助詞，在此表對比之意。

怎麼説？

星座和生肖的説法

西洋十二星座		十二生肖年	
日本語	中国語	日本語	中国語
みずがめ ざ 水瓶座	水瓶座 (1/20~2/18)	ねずみどし 子年	鼠年
うお ざ 魚座	雙魚座 (2/19~3/20)	うしどし 丑年	牛年
お ひつじ ざ 牡羊座	牡羊座 (3/21~4/20)	とらどし 寅年	虎年
お うし ざ 牡牛座	金牛座 (4/21~5/20)	うさぎどし 卯年	兔年
ふた ご ざ 双子座	雙子座 (5/21~6/20)	たつどし 辰年	龍年
かに ざ 蟹座	巨蟹座 (6/21~7/22)	へびどし 巳年	蛇年
し し ざ 獅子座	獅子座 (7/23~8/22)	うまどし 午年	馬年
おと め ざ 乙女座	處女座 (8/23~9/22)	ひつじどし 未年	羊年
てんびん ざ 天秤座	天秤座 (9/23~10/22)	さるどし 申年	猴年
さそり ざ 蠍座	天蠍座 (10/23~11/21)	とりどし 酉年	雞年
い て ざ 射手座	射手座 (11/22~12/21)	いぬどし 戌年	狗年
や ぎ ざ 山羊座	魔羯座 (12/22~1/19)	いのししどし 亥年	豬年

筆 記 欄

第 4 課　恋人からチョコレートをもらいました

単語 　　　　　　　　　　　　　　　　　　　　🖭 CD 12

4	ハンドバッグ		[名]	手提包 （英handbag）
5	バレンタインデー		[名]	情人節 （英St.Valentine's day）
0	こいびと	恋人	[名]	情人；戀人
3	チョコレート		[名]	巧克力 （英chocolate）
0	おみやげ	お土産	[名]	伴手禮；贈禮；土産
0	あげる	あげる （あげます）	[動Ⅱ]	給予
0	もらう	もらう （もらいます）	[動Ⅰ]	獲得；得到
0	くれる	くれる （くれます）	[動Ⅱ]	給予
0	かりる	借りる （借ります）	[動Ⅱ]	借 （向〜借）
0	かす	貸す （貸します）	[動Ⅰ]	借 （借給〜）
2	ならう	習う （習います）	[動Ⅰ]	學習
0	おしえる	教える （教えます）	[動Ⅱ]	教；教授
2	プレゼント		[名]	禮物 （英present）
0	いなか	田舎	[名]	郷下

1	りょうしん	両親	[名]	雙親
0	せんぱい	先輩	[名]	前輩；學長；學姊
0	どうりょう	同僚	[名]	同事
3	ネクタイピン		[名]	領帶夾 (英necktie pin)
0	しんじゅ	真珠	[名]	真珠
1	ネックレス		[名]	項鍊 (英necklace)
1	カード		[名]	卡片 (英card)
0	むすこ	息子	[名]	兒子；小犬
1	よういする	用意する（用意します）	[動Ⅲ]	準備
0	おくる	送る（送ります）	[動Ⅰ]	寄
0	すてき（な）	素敵（な）	[ナ形]	很棒的；很美的

2	はな	花	[名]	花
0	ゆびわ	指輪	[名]	戒指
1	せかい	世界	[名]	世界
1	ちず	地図	[名]	地圖
2	おもちゃ		[名]	玩具
0	にほんちゃ	日本茶	[名]	日本茶
0	おかね	お金	[名]	錢
0	メール		[名]	郵件 (英 mail)

⓪	ボールペン		[名]	原子筆 (英ball-point pen 之略)
③	ハンカチ		[名]	手帕(英handkerchief； ハンカチーフ之略)
②	えほん	絵本	[名]	故事圖畫書
①	にもつ	荷物	[名]	行李
③	まんねんひつ	万年筆	[名]	鋼筆

もうすぐ		馬上；就要
そういえば		這麼說來
でんわをかける	電話をかける 　（かけます）	打電話
てがみをだす	手紙を出す 　（出します）	寄信

文型

1. [N₁]は [N₂]に [N₃]を あげます。

2. [N₁]は [N₂]から／に [N₃]を もらいます。

3. [N₁]は [N₂]に [N₃]を くれます。

用例

 CD 13

1. 木村さんは鈴木さんにハンドバッグをあげました。

2. 先週のバレンタインデーに恋人からチョコレートをもらいました。
   　　　　　　　　　　　　　　　　　（に）

3. 山田さんはお土産をくれました。
   ―私は山田さんからお土産をもらいました。

4. 鈴木さんは先生におもしろい小説を借りました。
   ―先生は鈴木さんにおもしろい小説を貸しました。

5. 妹は林先生に英語を習いました。
   ―林先生は妹に英語を教えました。

会話

林　　：田中さん、どこへ行きますか。

田中：ちょっとデパートへ買い物に行きます。もうすぐ、
　　　　クリスマスですから。

林　　：そうですか。誰かにプレゼントをあげますか。

田中：はい、田舎の両親や、部活の先輩たちにあげます。

林　　：そういえば、私も同僚に何かあげたいですね。

田中：そうですか。じゃ、これから一緒に買いに行きせんか。

林　　：ええ。そうしましょう。

陳　　：今年のクリスマスに、何かプレゼントを用意しまし
　　　　たか。

田中：ええ、父にネクタイピンを、母に真珠のネックレス
　　　　を用意しました。先輩たちにはクリスマスカードを
　　　　送りたいです。

陳　　：そうですか。いいですね。

隣の奥さん ： きれいなネックレスですね。高いでしょう。

田中の母 ： ええ、日本のですから。息子（むすこ）にもらいました。クリスマスのプレゼントです。

隣の奥さん ： そうですか。素敵（すてき）ですね。

練習問題

1. 語句を入れ替えて練習しなさい。

（1）　<u>私</u>は<u>先生</u>に<u>花</u>をあげました。

①山田さん・林さん・プレゼント　　②先生・学生・辞書

③私・彼女・指輪　　　　　　　　　④姉・先輩・靴下

⑤弟・友達・手帳

（2）　<u>先生</u>は<u>私</u>に<u>小説</u>をくれました。

①先輩・私・世界の地図

②鈴木さん・兄・お土産

③友達・私・パソコン

④あの人・妹・おもちゃ

⑤先生・息子・英語のテープ

（3）　<u>私</u>は<u>先生</u>から<u>小説</u>をもらいました。

①兄・後輩・お土産

②父・同僚・日本茶

③私・妻・ネクタイ

④妹・友達・誕生日カード

⑤私・両親・お金

（4）　<u>私</u>は<u>友達</u>に<u>ノート</u>を<u>貸し</u>ました。

①家族・手紙・出す　　　　　　②友達・メール・送る

③先輩・本・借りる　　　　　　④先生・ピアノ・習う

⑤弟・数学・教える

２．例のように言いなさい。

例 私は友達からプレゼントをもらいました。

→ 友達は私にプレゼントをくれました。

① 父は田中さんから日本茶をもらいました。

→ _____

② 妹は先生から新しいボールペンをもらいました。

→ _____

③ 私は鈴木さんからハンカチをもらいました。

→ _____

④ 息子は先生から絵本をもらいました。

→ _____

⑤ 弟は先輩から自転車をもらいました。

→ _____

⑥ 私は同僚からお土産をもらいました。

→ _____

3．絵のように言いなさい。

（辞書・あげる）

例 私は<u>後輩に辞書をあげました。</u>

（電話・かける）

1　私は _____

（手紙・出す）

2　姉は _____

（ダンス・習う）

3　妹は _____

（プレゼント・もらう）

4　私は _____

（荷物・送る）

⑤　私は _____

（数学・教える）

⑥　父は _____

（万年筆・くれる）

⑦　田中先生は _____

（指輪・あげる）

⑧　木村さんは _____

4．例のように書きなさい。

例　先輩・本・借りる

　　→　本が読みたい時、先輩に本を借ります。

① 友達・手紙・出す

→　寂しい時、＿＿＿＿＿＿＿＿＿＿＿＿＿＿＿＿＿

② 両親・電話・かける

→　お金がない時、＿＿＿＿＿＿＿＿＿＿＿＿＿＿＿

③ 母・ハンドバッグ・あげたい

→　母の日に＿＿＿＿＿＿＿＿＿＿＿＿＿＿＿＿＿＿

④ 彼女・花・あげる

→　バレンタインデーに＿＿＿＿＿＿＿＿＿＿＿＿＿

⑤ 先生・クリスマスカード・送る

→　クリスマスに＿＿＿＿＿＿＿＿＿＿＿＿＿＿＿＿

文法説明

[N₁]は[N₂]に[N₃]をあげます。

[N₁]は[N₂]に[N₃]をくれます。

[N₁]は[N₂]から／に[N₃]をもらいます。

「あげる」、「くれる」、「もらう」為日文的「授受動詞」，「授」為「給予」之意，以「あげる」、「くれる」表達「N₁給N₂～」；「受」為接受之意，以「もらう」表達「N₁從N₂獲得～」。主詞用「は」；對象用「に」（「もらう」時亦可用「から」）；事物用「を」來連結。表示如下：

$\boxed{給予者}$ は $\boxed{接受者}$ に $\boxed{物}$ をあげる。　　　　　　（給）

$\boxed{給予者}$ は $\boxed{接受者}$ に $\boxed{物}$ をくれる。　　　　　　（給）

$\boxed{接受者}$ は $\boxed{給予者}$ から／に $\boxed{物}$ をもらう。　　　（獲得）

1.「あげる」　（給）

[N₁]は[N₂]に[N₃]をあげます。

$\boxed{給予者}$ は $\boxed{接受者}$ に $\boxed{物}$ をあげる。

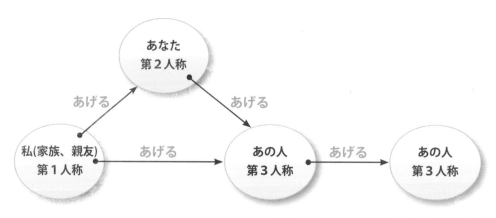

(＊「→」為動作的方向；「●」為動作者)

例　（1人称→2人称）　**弟はあなたに何をあげましたか。**

（弟弟送你什麼東西？）

（1人称→3人称）　**私は田中さんに傘をあげました。**

（我送給田中先生傘。）

（2人称→3人称）　**あなたは鈴木さんに何をあげましたか。**

（你給鈴木小姐什麼東西？）

（3人称→3人称）　**木村さんは鈴木さんにハンドバッグをあげ**
ました。

（木村先生送鈴木小姐手提包。）

2.「くれる」（給）

[N₁]は[N₂]に[N₃]をくれます。

給予者 は 接受者 に 物 をくれる。

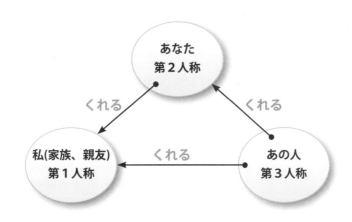

例　（2人称→1人称）　**あなたは弟に何をくれましたか。**
（你送給我弟弟什麼東西呢？）

（3人称→1人称）　**田中さんは私に地図をくれました。**
（田中先生送給我地圖。）

（3人称→2人称）　　　　鈴木さんはあなたに雑誌をくれましたか。

（鈴木小姐送給你雜誌了嗎？）

3. 「もらう」（獲得）

[N₁]は[N₂]から／に[N₃]をもらいます。

| 接受者 | は | 給予者 | から／に | 物 | をもらう。

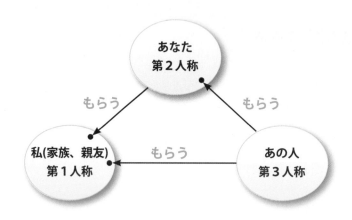

例　（1人称←2人称）　　あなたからたくさんの物をもらいました。
　　　　　　　　　　　　　（に）

（我從你那裡獲得了很多東西。）

　　（1人称←3人称）　　私は田中さんから地図をもらいました。
　　　　　　　　　　　　　　　　（に）

（我從田中先生那獲得地圖。）

　　（2人称←3人称）　　あなたは鈴木さんから何をもらいましたか。
　　　　　　　　　　　　　　　（に）

（你從鈴木小姐那獲得什麼呢？）

バレンタインデー（情人節）傳說

一說：相傳羅馬時代有位基督教修道人Valenntinus在被關於地牢期間，結識一位眼盲女子，進而與她相戀，女子也靠著信仰力量眼睛得見光明。在2月14日Valenntinus被處刑的前夜，寫下一封深愛女子的訣別信，令人感動因而被世人逕相傳頌紀念。

二說：相傳Valenntinus是位極力反抗當時禁止自由結婚律令的羅馬祭司，他私下促合許多對戀人結婚，故世人把他被處刑的2月14日，作為紀念這位戀人們守護神的節日。

❀❀❀❀❀❀❀❀❀❀❀❀❀❀❀❀❀❀❀❀❀❀❀❀❀❀❀❀❀❀❀❀

類似這種「愛之日」的習俗，早在14世紀已普遍流傳在基督信仰的歐美各地，直到1950年代後半才傳至日本，衍生成日本獨特的「バレンタインデー」風情。

日本	歐美
女子對愛慕男子的告白日	不限性別，互相表達感謝的告白日
贈送巧克力表白 ❀ 「義理（ぎり）チョコ」－對平日照顧之人表達 　　　　　　感謝之意。 ❀ 「本命（ほんめい）チョコ」－對愛慕之人的表白。	贈送卡片或禮物感謝
「ホワイトデー」(白色情人節)習俗 ❀ 為3月14日是男子回送女子的節日，回送的禮品以「チョコレート」(巧克力)、「マシュマロ」(棉花糖)、「キャンディ」(糖果)、「クッキー」(餅乾)等為主，基本上得到「義理（ぎり）チョコ」的人可以不回送。	無此習俗

筆 記 欄

第 5 課　大きい声で言ってください

単語　　　　　　　　　　　　　　　　　　　　🔘 CD 15

⓪	いちど	一度	[名]	一次
⓪	かんじ	漢字	[名]	漢字
④	よみかた	読み方	[名]	唸法；讀法
①	テスト		[名]	考試（英 test）
⓪	こうさてん	交差点	[名]	交叉路口
⓪	まがる	曲がる（曲がります）	[動Ⅰ]	轉彎
①	ぬぐ	脱ぐ（脱ぎます）	[動Ⅰ]	脱
①	まつ	待つ（待ちます）	[動Ⅰ]	等待
⓪	よぶ	呼ぶ（呼びます）	[動Ⅰ]	呼叫；邀請
⓪	しぬ	死ぬ（死にます）	[動Ⅰ]	死亡
⓪	はたけ	畑	[名]	旱田；田地
⓪	じょうきゃく	乗客	[名]	乘客
⓪	はらじゅく	原宿	[名]	原宿
③	うんてんしゅ	運転手	[名]	司機
②	はし	橋	[名]	橋
②	みなさん	皆さん	[名]	各位；大家
⓪	てがき	手書き	[名]	手寫

⓪	わたる	渡る（渡ります）	［動Ⅰ］	通過；穿越
③	まっすぐ	真っ直ぐ	［副］	筆直地

①	しゅじゅつ	手術	［名］	手術
①	は	歯	［名］	牙齒
⓪	ボタン		［名］	鈕扣；按鈕（葡botão）
⓪	すう	吸う（吸います）	［動Ⅰ］	吸
①	もつ	持つ（持ちます）	［動Ⅰ］	持；拿
⓪	おす	押す（押します）	［動Ⅰ］	推
⓪	うる	売る（売ります）	［動Ⅰ］	賣
②	いそぐ	急ぐ（急ぎます）	［動Ⅰ］	趕緊
⓪	はじめる	始める（始めます）	［動Ⅱ］	開始
⓪	にゅういんする	入院する（入院します）	［動Ⅲ］	住院
⓪	みがく	磨く（磨きます）	［動Ⅰ］	刷；磨
⓪	いれる	入れる（入れます）	［動Ⅱ］	放進
③	てつだう	手伝う（手伝います）	［動Ⅰ］	幫忙
⓪	あける	開ける（開けます）	［動Ⅱ］	打開
⓪	つかう	使う（使います）	［動Ⅰ］	使用
⓪	とめる	止める（止めます）	［動Ⅱ］	停止；停住
①	すぐ		［副］	馬上；立刻

文 型

1．[V₁]て[V₂]。

2．[V]てください。

3．[V]てくださいませんか。

4．[V]てもいいです。

5．[V]てはいけません。

用 例 CD 16

1．昨日デパートへ行って靴を買いました。

2．もう一度(いちど)言ってください。

3．この漢字(かんじ)の読(よ)み方(かた)を教えてくださいませんか。

4．鉛筆で書いてもいいです。

5．テストの時は辞書を見てはいけません。

6．次の交差点(こうさてん)を右に曲(ま)がってください。

動詞類型	ます形	辞書形	て形
I 類	書きます	書く	書いて
	脱（ぬ）ぎます	脱（ぬ）ぐ	脱（ぬ）いで
	行きます	行く	行って＊
	買います	買う	買って
	待（ま）ちます	待（ま）つ	待（ま）って
	撮ります	撮る	撮って
	呼（よ）びます	呼（よ）ぶ	呼（よ）んで
	死（し）にます	死（し）ぬ	死（し）んで
	飲みます	飲む	飲んで
	話します	話す	話して
II 類	見ます	見る	見て
	食べます	食べる	食べて
III 類	します	する	して
	来（き）ます	来（く）る	来（き）て

会話一

 CD 17

陳　：　すみません。この漢字の読み方を教えてくださいませんか。

田中：　はい、これは「はたけ」ですよ。

陳　：　すみません。もう一度言ってください。

田中：　「はたけ」です。

陳　：　「はたけ」ですね。ありがとうございました。

CD 18

乗客：原宿までお願いします。

運転手：はい、原宿までですね。

乗客：すみません。次の交差点を右に曲がってください。

運転手：はい、次の交差点を右ですね。

乗客：すみません。あそこに橋がありますね。

運転手：はい。

乗客：あの橋を渡って、真っ直ぐ行ってください。

運転手：はい、分かりました。

会話三

 CD 19

先生　　：皆<ruby>みな</ruby>さん、レポートは来週の月曜日に出してください。

学生　　：はい。

学生Ａ：先生、手書<ruby>てが</ruby>きでもいいですか。

先生　　：はい、いいですよ。

学生Ｂ：鉛筆で書いてもいいですか。

先生　　：いいえ、鉛筆で書いてはいけません。ボールペンで
　　　　　書いてください。

練習問題

1．次の動詞を「辞書形」「て形」にしなさい。

例 吸^すいます→吸^すう→吸^すって

ます形	辞書形	て形	ます形	辞書形	て形
聞きます			閉めます		
持^もちます			押^おします		
売^うります			買います		
読みます			行きます		
遊びます			死^しにます		
起きます			来^きます		
勉強します			急^{いそ}ぎます		

2．例のように練習しなさい。

例 起きる・顔を洗う　→　起きて顔を洗います。

① 教室に入る・授業を始^{はじ}める　→ _____

② コンビニに行く・ジュースを買う　→ _____

③ 入院^{にゅういん}する・手術^{しゅじゅつ}を受ける　→ _____

④ 部屋に入る・勉強する　→ _____

⑤ 歯^はを磨^{みが}く・寝る　→ _____

⑥ お金を入^いれる・ボタンを押^おす　→ _____

3．例のように文を完成しなさい。

　　　例　ボールペンで書く　→　　ボールペンで書いてください。
　　　_____

　　　① 靴を脱ぐ　→　_____

　　　② もう少し勉強する　→　_____

　　　③ ドアを閉める　→　_____

　　　④ ちょっと待つ　→　_____

　　　⑤ この薬を飲む　→　_____

　　　⑥ すぐ来る　→　_____

4．例のように練習しなさい。

　　　例　この荷物を持つ　→　　この荷物を持ってくださいませんか。
　　　_____

　　　① 右に曲がる　→　_____

　　　② 大きい声で話す　→　_____

　　　③ ちょっと手伝う　→　_____

　　　④ もう一度言う　→　_____

　　　⑤ 窓を開ける　→　_____

　　　⑥ 電話番号を教える　→　_____

5．例のように練習しなさい。

例1 ボールペンで書く （はい）

　　A：ボールペンで書いてもいいですか。

　　B：はい、ボールペンで書いてもいいです。

例2 教室でタバコを吸う （いいえ）

　　A：教室でタバコを吸ってもいいですか。

　　B：いいえ、教室でタバコを吸ってはいけません。

① 窓を開ける （はい）

A：_____

B：_____

② 辞書を使う （いいえ）

A：_____

B：_____

③ 日本語で話す （はい）

A：_____

B：_____

④ この川で泳ぐ （いいえ）

A：_____

B：_____

⑤　ここに車を止める　　（はい）

A：＿＿＿＿＿＿＿＿＿＿＿＿＿＿＿＿＿＿＿＿＿＿＿＿＿

B：＿＿＿＿＿＿＿＿＿＿＿＿＿＿＿＿＿＿＿＿＿＿＿＿＿

⑥　ここで写真を撮る　　（いいえ）

A：＿＿＿＿＿＿＿＿＿＿＿＿＿＿＿＿＿＿＿＿＿＿＿＿＿

B：＿＿＿＿＿＿＿＿＿＿＿＿＿＿＿＿＿＿＿＿＿＿＿＿＿

文法説明

1. [V₁] て [V₂]。

> 例 **昨日デパートへ行って靴を買いました。**
> （昨天到百貨公司去，買了鞋子。）
> **朝ごはんを食べて、学校へ行きます。**
> （吃了早餐之後就去學校。）

本課主要介紹動詞「て形」的相關用法，「[V₁]て[V₂]」是表示動作相繼進行的用法。先進行某個動作（V₁）後，接著進行下一個動作（V₂）。

這個時候，如果使用的動詞是Ⅰ類動詞，就會產生發音的變化，一般稱作「音便」。「音便」大致可分為下列三種。

(1) イ音便

語尾是「く」「ぐ」的動詞，後面加上「て」時，會產生イ音便，例如

書く→書いて
泳ぐ→泳いで

但是，「行く」這個動詞是例外，會變成「行って」。

(2) 促音便

語尾是「う」「つ」「る」的動詞，後面加上「て」時，會產生促音便，例如

買う→買って
待つ→待って
乗る→乗って

(3) 撥音便（鼻音便）

語尾是「ぬ」「ぶ」「む」的動詞，後面加上「て」時，會產生鼻音便，而且「て」會跟著變成「で」。

例如　　死ぬ→死んで

遊ぶ→遊んで

飲む→飲んで

但是，結尾是「す」的動詞，不會產生音便。

例如　　話す→話して

此外，Ⅱ類動詞、Ⅲ類動詞接「て」也不會產生音便。

例如　　起きる→起きて

食べる→食べて

勉強する→勉強して

来る→来て

2. ［V］てください。

例　もう一度言ってください。（請再說一次。）

この漢字の読み方を教えてください。（請告訴我這個漢字的讀法。）

よく勉強してください。（請好好唸書。）

「Vてください」表示請求或要求對方進行某個動作，相當於中文「請～」。

3. ［V］てくださいませんか。

例　この漢字の読み方を教えてくださいませんか。

（請您教我這個漢字的唸法好不好？）

ちょっと手伝ってくださいませんか。（可以幫忙我一下嗎？）

「Ｖてくださいませんか」表示委婉地請求對方進行某個動作。比［Ｖてください］更委婉、客氣。

4. ［Ｖ］てもいいです。

例 **鉛筆で書いてもいいです。（可以用鉛筆寫。）**

辞書を使ってもいいです。（可以使用字典。）

「Ｖてもいいです」表示允許，也就是同意對方進行某個動作。要詢問對方是否同意自己進行某個動作時，只要在句尾加上「か」即可。

例 **ここでタバコを吸ってもいいですか。（可以在這裡抽煙嗎？）**

日本語で話してもいいですか。（可以用日文講嗎？）

5. ［Ｖ］てはいけません。

例 **教室でタバコを吸ってはいけません。（不可以在教室抽煙。）**

ここで写真を撮ってはいけません。（不可以在這裡拍照。）

「Ｖてはいけません」表示禁止或不同意對方進行某種動作。類似的表達方式還有「Ｖてはだめです」等。

例 **ここでタバコを吸ってもいいですか。**
  →　はい、いいですよ。
  →　いいえ、ここでタバコを吸ってはいけません。

6. ～を［Ｖ］（渡る、曲がる等）。

例 あの橋を渡って、真っ直ぐ行ってください。

（過了那座橋請直走。）

次の交差点を右に曲がってください。

（下一個交叉路口請向右轉。）

「渡る、曲がる」前面用「を」來表示移動或通過的場所。這類動詞還有像「上る」「飛ぶ」「通る」「散歩する」等。

例 階段を上ります。（爬樓梯。）
空を飛びます。（在空中飛。）
右側を通ります。（靠右邊走。）
公園を散歩します。（在公園散步。）

你知道嗎？

常見學校用語

日本語	中国語
学科の学生会	系學生會
学級委員	班代
クラス会	班會
担任	導師
シラバス	教學大綱
必修科目	必修課
選択科目	選修課
筆記試験；ペーパーテスト	筆試
口頭試問	口試
カンニング	作弊
合格発表	放榜
受験票	准考證
欠席届	請假單
新入生ガイダンス	新生訓練
卒業式	畢業典禮
同窓会	校友會

第 6 課　毎朝早く起きます

単 語

CD 20

1	ゲーム		[名] 遊戯（英game）
1	どうして		[副] 爲什麼
0	やきそば	焼きそば	[名] 炒麵
5	つくりかた	作り方	[名] 作法
3	ざいりょう	材料	[名] 材料
1	キャベツ		[名] 高麗菜（英cabbage）
0	ひとふくろ	一袋	[名] 一袋
0	にぶんのいち	1／2	[名] 二分之一
2	しお	塩	[名] 鹽
0	こさじ	小さじ	[名] 一小茶匙
3	たまねぎ	玉ねぎ	[名] 洋蔥
3	もやし		[名] 豆芽菜
3	ちょうみりょう	調味料	[名] 調味料
1	ソース		[名] 醬汁（英sauce）
0	フライパン		[名] 平底鍋（英fry pan）

⓪	あぶら	油 (あぶら)	[名]	油
①	めん	麺 (めん)	[名]	麵條
①	さいご	最後 (さいご)	[名]	最後
⓪	できあがり	出来上がり (できあ)	[名]	完成
②	つくる	作る（作ります）(つく・つく)	[動Ⅰ]	製作
①	きる	切る（切ります）(き・き)	[動Ⅰ]	切；剪
⓪	くわえる	加える（加えます）(くわ・くわ)	[動Ⅱ]	添加
③	いためる	炒める (いた)	[動Ⅱ]	炒
①	しょうしょう	少々 (しょうしょう)	[副]	少許；稍微
⓪	かべ	壁 (かべ)	[名]	牆壁
⑤	にっけいきぎょう	日系企業 (にっけいきぎょう)	[名]	日商
①	ダイエット		[名]	減肥（英diet）
⓪	だんぼう	暖房 (だんぼう)	[名]	暖氣
①	やちん	家賃 (やちん)	[名]	房租
①	サービス		[名]	服務（英service）
⓪	せいかく	性格 (せいかく)	[名]	性格
⓪	へん	辺 (へん)	[名]	邊；附近
⓪	やくそく	約束 (やくそく)	[名]	約定；約會
⓪	ぬる	塗る（塗ります）(ぬ・ぬ)	[動Ⅰ]	塗抹；粉刷

⓪	やめる	止める（止めます）	［動Ⅱ］停止；辭去
⓪	やせる	痩せる（痩せます）	［動Ⅱ］痩
③	ただしい	正しい	［イ形］正確的
⓪	しんせん（な）	新鮮（な）	［ナ形］新鮮的
②	じゆう（な）	自由（な）	［ナ形］自由的

それはちょっと　　　　　　　　　　那就有一點（不好）…。

これで　　　　　　　　　　　　　　這樣一來就…；到此
　　　　　　　　　　　　　　　　　就…。

文型

1．[Aい]くて　[Aい]／[Ｎａ]です。

2．[Ｎａ]で　[Aい]／[Ｎａ]です。

3．[Aい]く　[V]。

4．[Ｎａ]に　[V]。

5．どうして～んですか。

6．[V]んです。

7．[N₁]は　[N₂]が　[Aい]／[Ｎａ]です。

用例

 CD 21

1．食堂の料理は安くておいしいです。

2．台南はきれいで住みやすいです。

3．私は毎朝早く起きます。

4．部屋をきれいに掃除します。

5．どうしてそんなに遅く寝るんですか。
　　―ゲームが好きで、遅くまでするんです。

6．この大学は学生が多いです。

7．台北は交通が便利です。

会話一

 CD 22

陳　　：　田中さんは夜早く寝ますか、遅く寝ますか。

田中：　遅く寝ますね。

陳　　：　いつも何時ごろ寝ますか。

田中：　夜の２時ごろです。

陳　　：　どうしてそんなに遅く寝るんですか。

田中：　ゲームが好きで、毎晩遅くまでするんです。

陳　　：　それはちょっと…。

会話二

陳　：晩ご飯の用意ですか。

山口：ええ、これから焼きそばを作ります。

陳　：焼きそばですか。私も大好きです。でも、作り方が
　　　分かりません。

山口：簡単ですよ。一緒に作ってみませんか。

陳　：いいですか。ありがとうございます。

山口：材料は、焼きそば1袋、キャベツ6枚、たまねぎ
　　　1／2個、もやし1袋。調味料は、塩小さじ2、
　　　焼きそばソース少々。

陳　：調味料は塩と焼きそばソースだけですね。

山口：はい。簡単でしょう。

陳　：はい。

山口：まず、キャベツともやしをきれいに洗ってください。

陳　：はい。

山口：それから、キャベツとたまねぎを細く切ります。フ
　　　ライパンに油を入れて、たまねぎ、キャベツ、もや
　　　しを加えてよく炒めます。最後に麺と焼きそばソー

スと塩を入れて、1分ぐらい炒めます。これで、おいしい焼きそばの出来上がりです。

材料	調味料

材料		**調味料**	
焼きそば	1袋	塩 小さじ	2
キャベツ	6枚	焼きそばソース	少々
たまねぎ	1/2個		
もやし	1袋		

練習問題

1. 例のように練習しなさい。

例1 この教室・広い・明るい

→ この教室は広くて明るいです。

例2 田中先生．きれいだ．優しい

→ 田中先生はきれいで優しいです。

① その店の料理・高い・まずい

→ _____

② この町・にぎやかだ・住みやすい

→ _____

③ 張さん・頭がいい・ハンサムだ

→ _____

④ この辺・静かだ・交通も便利だ

→ _____

⑤ この店の魚・新鮮だ・安い

→ _____

⑥ このゲーム・有名だ・面白い

→ _____

2．例のように練習しなさい。

例1 **毎晩・遅い・寝る**

→ **毎晩遅く寝ます。**

例2 **レポート・きれいだ・書く**

→ **レポートをきれいに書きます。**

① 毎朝・早い・起きる

→ _____

② 教室・きれいだ・掃除する

→ _____

③ 壁（かべ）・白い・塗る

→ _____

④ 日本語・上手だ・話す

→ _____

⑤ 漢字（かんじ）・正（ただ）しい・読む

→ _____

⑥ 宿題・真面目だ・する

→ _____

3．例のように練習しなさい。

例 **出掛ける　（友達と約束がある）**

　　A：どうして出掛けるんですか。

　　B：友達と約束があるから、出掛けるんです。

① 学校をやめる　（日本へ留学に行く）

A：＿＿＿＿＿＿＿＿＿＿＿＿＿＿＿＿＿＿＿＿＿

B：＿＿＿＿＿＿＿＿＿＿＿＿＿＿＿＿＿＿＿＿＿

② 暖房をつける　（寒い）

A：＿＿＿＿＿＿＿＿＿＿＿＿＿＿＿＿＿＿＿＿＿

B：＿＿＿＿＿＿＿＿＿＿＿＿＿＿＿＿＿＿＿＿＿

③ 日本語を勉強する　（日系企業に入りたい）

A：＿＿＿＿＿＿＿＿＿＿＿＿＿＿＿＿＿＿＿＿＿

B：＿＿＿＿＿＿＿＿＿＿＿＿＿＿＿＿＿＿＿＿＿

④ 来週大阪へ行く　（出張する）

A：＿＿＿＿＿＿＿＿＿＿＿＿＿＿＿＿＿＿＿＿＿

B：＿＿＿＿＿＿＿＿＿＿＿＿＿＿＿＿＿＿＿＿＿

⑤ この学校を受ける　（有名だ）

A：＿＿＿＿＿＿＿＿＿＿＿＿＿＿＿＿＿＿＿＿＿

B：＿＿＿＿＿＿＿＿＿＿＿＿＿＿＿＿＿＿＿＿＿

⑥　ダイエットをする　（痩せたい）

A：＿＿＿＿＿＿＿＿＿＿＿＿＿＿＿＿＿＿＿＿＿＿＿

B：＿＿＿＿＿＿＿＿＿＿＿＿＿＿＿＿＿＿＿＿＿＿＿

4．例のように練習しなさい。

例　**日本・物価・高い**

→　**日本は物価が高いです。**＿＿＿＿＿＿＿＿＿＿

① このマンション・家賃・安い

→　＿＿＿＿＿＿＿＿＿＿＿＿＿＿＿＿＿＿＿＿＿＿＿

② 田中さん・背・低い

→　＿＿＿＿＿＿＿＿＿＿＿＿＿＿＿＿＿＿＿＿＿＿＿

③ この店・サービス・いい

→　＿＿＿＿＿＿＿＿＿＿＿＿＿＿＿＿＿＿＿＿＿＿＿

④ 鈴木さん・性格・明るい

→　＿＿＿＿＿＿＿＿＿＿＿＿＿＿＿＿＿＿＿＿＿＿＿

⑤ この辺・景色・きれいだ

→　＿＿＿＿＿＿＿＿＿＿＿＿＿＿＿＿＿＿＿＿＿＿＿

⑥ 台湾・バナナ・有名だ

→　＿＿＿＿＿＿＿＿＿＿＿＿＿＿＿＿＿＿＿＿＿＿＿

文法説明

1. [Aい]くて [Aい] ／ [Na]です。
[Na]で [Aい] ／ [Na]です。

> 例　食堂の料理は安くておいしいです。（餐廳的菜便宜又好吃。）
>
> 　　木村先生はやさしくてきれいです。（木村老師人親切又漂亮。）
>
> 　　この町はにぎやかで住みやすいです。（這個城鎮很熱鬧又適合居住。）
>
> 　　台北はきれいで交通が便利です。（台北很乾淨交通又方便。）

「イ形容詞」後接「イ形容詞」或「ナ形容詞」時，用「て」；「ナ形容詞」則要用「で」來表示並列關係，相當於「既…又…」。

2. [Aい]く[V]。

> 例　私は毎朝早く起きます。　（我每天早上很早起床。）
>
> 　　楽しく暮らしています。　（快樂渡日。）

「イ形容詞」修飾動詞時，須將語尾「い」改成「く」，當副詞用。

3. [Na]に[V]。

> 例　部屋をきれいに掃除します。（把房間打掃乾淨。）
>
> 　　簡単に説明してください。（請簡單說明。）

「ナ形容詞」修飾動詞時，須加上「に」再接動詞，當副詞用。

4. どうして～んですか。
　[V]んです

例　A：どうしてそんなに遅く寝るんですか。（為什麼那麼晚睡？）
　　B：ゲームが好きで、毎晩遅くまでするんです。

　　（因為喜愛打電玩，每晚玩到很晚。）

「どうして…んですか」的用法是在要求對方作說明時使用，相當於中文「為什麼會…呢？」。而「…んです」則是用來說明理由時使用。

常用度量單位

日本語	中国語
センチメートル	公分
インチ	英吋
メートル	公尺
キロメートル	公里
ミリリットル	毫升
リットル	公升
グラム	公克
キログラム	公斤
トン	公噸
ボルト	伏特（電壓）
キロボルト	1千伏特
カロリー	卡（熱量）

第 7 課　部屋で新聞を読んでいます

単語

CD 24

⓪	さいふ	財布	[名]	錢包
③	つとめる	勤める（勤めます）	[動Ⅱ]	上班；工作 〜に勤める
⓪	きく	聞く（聞きます）	[動Ⅰ]	問；聽
②	おとす	落とす（落とします）	[動Ⅰ]	弄丟；遺失
①	ぜんぶ	全部	[副]	全部
⑤	こくさいでんわ	国際電話	[名]	國際電話
①	しゅう	週	[名]	一週；一個星期
⑤	インターネット		[名]	網路（英internet）
③	イーメール	Eメール	[名]	電子郵件（E-mail）
③	えきまえ	駅前	[名]	車站前
④	ちゅうかレストラン	中華レストラン	[名]	中國餐館
①	チャーハン		[名]	炒飯
①	しりょう	資料	[名]	資料
⑤	スピーチ・コンテスト		[名]	演講比賽 （英speech contest）

⓪	じしん	自信	[名]	自信
⓪	こんしゅうちゅう	今週中	[名]	本週內；本星期內
⓪	みつかる	見付かる （見付かります）	[動Ⅰ]	找到；尋獲
⓪	さんかする	参加する （参加します）	[動Ⅲ]	參加
④	もうしこむ	申し込む （申し込みます）	[動Ⅰ]	報名
①	だいすき（な）	大好き（な）	[ナ形]	最喜歡的
②	じつは	実は	[副]	實在；其實
③	じゅうぶん	十分	[副]	足夠；充分
③	かんごし	看護師	[名]	護士；看護士
①	けいざい	経済	[名]	經濟
①	じゅく	塾	[名]	補習班
⓪	いざかや	居酒屋	[名]	居酒屋
⑤	ぼうえきがいしゃ	貿易会社	[名]	貿易公司
①	ねん	年	[名]	年；一年
⓪	しょくりょうひん	食料品	[名]	食品
⓪	きっぷ	切符	[名]	票；車票
⓪	よやく	予約	[名]	預約
①	きゅうりょう	給料	[名]	薪水

⓪	か<u>よう</u>	通う（通います）	［動Ⅰ］經常來往；定期往返 　　　　〜に通う
⓪	ちゅ<u>うもんする</u>	注文する （注文します）	［動Ⅲ］訂購
⓪	し<u>らせる</u>	知らせる （知らせます）	［動Ⅱ］通知；告訴
⓪	わ<u>すれる</u>	忘れる（忘れます）	［動Ⅱ］忘記；忘掉
⓪	た<u>いせつ</u>（な）	大切（な）	［ナ形］重要的
①	よ<u>う</u>	楊	［姓］　楊

よかったら		如果可以的話；你不介意的話
たすかる	助かる （助かります）	太好了；得救了；多虧幫忙
〜のほかに		除了〜之外

文型

1．[V]ています。

2．もう　[V]ました。

3．まだ　[V]ていません。

4．[V]てみます。

5．[V]てしまいました。

用例

 CD 25

1．高橋さんは今何をしていますか。
　　― 部屋で新聞を読んでいます。

2．田中さんは銀行に勤めています。

3．いつも図書館で本を借りています。

4．宿題はもうしましたか。
　　― はい、もうしました。
　　― いいえ、まだしていません。

5．先生に聞いてみます。

6．財布を落としてしまいました。

7．ケーキを全部食べてしまいました。

会話一

 CD 26

李　　：　山田さん、何をしていますか。

山田：　パソコンでメールを書いています。国際電話(こくさいでんわ)は高い
　　　　ですから、週(しゅう)に二回ぐらい国の両親にメールを出し
　　　　ています。

李　　：　今インターネットもＥ(イー)メールもとても便利になりま
　　　　したね。

山田：　李さんはどこかへ出掛けましたか。

李　　：　はい、駅前(えきまえ)の新しい中華(ちゅうか)レストランへ食事に行きま
　　　　した。あそこのチャーハンはとてもおいしかったで
　　　　すよ。

山田：　そうですか。私もチャーハンが大好(だいす)きですから、一
　　　　度行ってみたいですね。

李　　：　ところで、明日の英語のレポートはもう書きましたか。

山田：　実(じつ)は、まだ全然書いていません。いい資料(しりょう)が見付(みつ)か
　　　　らなくて。李さんはもう書きましたか。

李　　：　ええ、もう書きました。よかったら、私の資料(しりょう)、貸
　　　　しましょうか。

山田：　いいんですか。助(たす)かります。

会話二

 CD 27

 クラスで

先生： 来月、学校でスピーチ・コンテストがありますが、
　　　 誰が出ますか。

李　　： 先生、私が出てもいいですか。まだ日本語に自信^{じしん}が
　　　 ないんですが。

先生： まだ時間が十分^{じゅうぶん}ありますから、大丈夫ですよ。李さ
　　　 んのほかに、誰か参加^{さんか}したい人はいますか。

学生： ……。

先生： 参加^{さんか}したい人は今週中^{こんしゅうちゅう}に申^{もう}し込^こんでください。

練習問題

1．例を見て、文を作りなさい。

例 田中さん・部屋・雑誌・読む

→ 　田中さんは部屋で雑誌を読んでいます。

① 黄さん・日本語・手紙・書く

→ _____

② 田中さん・喫茶店・コーヒー・飲む

→ _____

③ 小林さん・食堂・昼ごはん・食べる

→ _____

④ 李さん・教室・日本語・勉強する

→ _____

⑤ 先生・研究室・本・読む

→ _____

⑥ 母・庭の掃除・する

→ _____

2．例を見て、文を作りなさい。

例 渡辺さん・大学の先生・する

→ 　渡辺さんは大学の先生をしています。

① 佐藤さん・看護師・する

→ _____

② 陳さん・タクシーの運転手・する

→ _____

③ 鈴木さん・大学・経済の勉強・する

→ _____

④ 楊さん・塾・日本語・教える

→ _____

⑤ 田中さん・居酒屋・アルバイトする

→ _____

⑥ 高橋さん・貿易会社・勤める

→ _____

３．例を見て、文を作りなさい。

例 いつも・どこ・牛乳・買う

→ いつもどこで牛乳を買っていますか。

① 年に二回・日本・行く

→ _____

② いつも・このコンビニ・雑誌・読む

→ _____

③ 週に一回・病院・通う

→ _____

④ いつも・あのスーパー・食料品・買う

→ _____

⑤ いつも・図書館・英語の新聞・読む

→ _____

⑥ よく・この本屋・本・注文する

→ _____

4．例を見て、文を作りなさい。

例 **新幹線の切符はもう買いましたか。**

→ **はい、もう買いました。**

→ **いいえ、まだ買っていません。**

① ホテルの予約はもうしましたか。　　　（はい）

→ _____

② もう先生に手紙を出しましたか。　　　（いいえ）

→ _____

③ 会議の時間はもうみんなに知らせましたか。　　　（いいえ）

→ _____

④ レポートはもう書きましたか。　　　（はい）

→ _____

⑤ 写真はもう撮りましたか。　　（いいえ）

➜ _____

⑥ 先生はもう帰りましたか。　　（いいえ）

➜ _____

5．例を見て、文を作りなさい。

例1　**日本料理・作る　（～てみます）**

➜　日本料理を作ってみます。

例2　**もう一度・あの人・聞く　（～てみてください）**

➜　もう一度あの人に聞いてみてください。

① チャーハン・作る　　（～てみてください）

➜ _____

② 日本語・電話する　　（～てみます）

➜ _____

③ 明日・もう一度・行く　　（～てみます）

➜ _____

④ もう一度・練習する　　（～てみてください）

➜ _____

⑤ 日本語の小説・読む　　（～てみます）

➜ _____

⑥ 一度・納豆・食べる　　（～てみてください）

→ _____

6．例を見て、文を作りなさい。

例　傘・忘れる

→ **傘を忘れてしまいました。**

① 大切な資料・落とす

→ _____

② 会議の時間・忘れる

→ _____

③ 漫画・読む

→ _____

④ お菓子・食べる

→ _____

⑤ 今月の給料・使う

→ _____

⑥ 弟・私のケーキ・食べる

→ _____

文法説明

1. ［V］ています。

> 例 陳さんは今テレビを見ています。 （陳先生現在正在看電視。）......(1)
>
> 高橋さんは銀行に勤めています。 （高橋先生在銀行上班。）.........(2)
>
> 一年に二回日本へ行っています。 （一年去日本兩次。）...............(3)

動詞「て形」的接續方法已經在第五課提到，本課要介紹「［V］て形＋います」
的相關用法。

(1) 表示動作正在持續、進行中。相當於中文的「正在～」。

> 例 ご飯を食べています。 （正在吃飯。）
>
> 今、何をしていますか。 （現在正在做什麼呢？）

(2) 表示身份、職業或從事的工作。

> 例 大学の先生をしています。 （當大學老師。）
>
> 塾で日本語を教えています。 （在補習班教日文。）

(3) 表示反覆或習慣性的動作、行為。

> 例 いつもあのスーパーで牛乳を買っています。
>
> （都在那家超市買牛奶。）
>
> よくこの本屋で本を注文しています。
>
> （經常在這家書店訂書。）

2. もう[V]ました。
　 まだ[V]ていません。

例 レポートはもう書きましたか。　　（報告已經寫了嗎？）

　→はい、もう書きました。　　　　（是的，已經寫了。）

　→いいえ、まだ書いていません。（不，還沒寫。）

「もう＋[V]ました」表示確認動作或行為已經完成，相當於中文的「已經～」。如果以疑問句形式「もう～ましたか。」來問的話，肯定回答可以說「はい、～ました。」（是的，已經～），否定回答「いいえ、まだ～ていません。」（不，還沒～）

3. [V]てみます。

例 先生に聞いてみます。　　　　　（問老師看看。）

　刺身を食べてみてください。　　（請吃生魚片看看。）

「[V]て形＋みます」表示嘗試去做某一個動作。本句型還可以跟以前學過的句型結合。

例 作ってみましょう。　　　　　　（做做看吧！）

　作ってみませんか。　　　　　　（要不要做做看呢？）

　作ってみてもいいですか。　　　（我可以做做看嗎？）

　作ってみてください。　　　　　（請做做看。）

　作ってみたいです。　　　　　　（我想做做看。）

4. ［V］てしまいました。

> 例 **傘を忘れてしまいました。** （忘了帶傘。）........................(1)
>
> **この本を全部読んでしまいました。** （把這本書都讀完了。）..........(2)

「［V］て形＋しまいました」可以表示下列兩種意思：

(1) 表示說話者非出於本意所造成的結果，或是意外、遺憾、傷腦筋等心情。

> 例 **財布を落としてしまいました。** （不小心弄丟了錢包。）
>
> **本当に困ってしまいました。** （真是傷透腦筋。）

(2) 也可以表示動作、作用完了，通常意味著該動作徹底完成，或表示某種動作造成某物沒有剩餘的狀況。

> 例 **レポートを書いてしまいました。** （報告都寫完了。）
>
> **弟はケーキを全部食べてしまいました。** （弟弟把蛋糕都吃光了。）

5. 週に二回ぐらい国の両親にメールを出しています。

> 例 **年に二回日本へ行っています。** （一年去日本兩次。）
>
> **月に一回病院に通っています。** （一個月去醫院一次。）

在這個句子裡的助詞「に」表示頻率、平均之意。這種用法也可以有下列的表現法。

> 例 **週に二回** → **一週間に二回**
>
> **年に二回** → **一年に二回**
>
> **月に一回** → **一か月に一回**

日本酒類和茶類相關用語

酒類		茶類	
日本語	中国語	日本語	中国語
日本酒 （にほんしゅ）	清酒	煎茶 （せんちゃ）	煎茶
焼酎 （しょうちゅう）	燒酒	抹茶 （まっちゃ）	抹茶
梅酒 （うめしゅ）	梅酒	玄米茶 （げんまいちゃ）	玄米茶
ワイン	葡萄酒	緑茶 （りょくちゃ）	綠茶
ビール	啤酒	ジャスミン・ティー	茉莉花茶
ウィスキー	威士忌	ウーロン茶 （ちゃ）	烏龍茶
チューハイ	氣泡酒	プーアル茶 （ちゃ）	普洱茶
カクテル	雞尾酒	紅茶 （こうちゃ）	紅茶

第 8 課　音楽を聞きながら勉強します

単語

CD 28

0	くうこう	空港	［名］	機場
0	おわる	終わる（終わります）	［動Ⅰ］	結束
0	のる	乗る（乗ります）	［動Ⅰ］	搭乗 ～に乗る
2	おりる	降りる（降ります）	［動Ⅱ］	下車 ～を降りる
0	はつおん	発音	［名］	發音
3	シーディー	ＣＤ	［名］	CD；光碟片 （英compact disk之略）
0	やりかた	やり方	［名］	做法
0	ジョギング		［名］	慢跑（英jogging）
0	かんこうあんないじょ	観光案内所	［名］	遊客服務中心
5	あんぺいこほ	安平古堡	［名］	安平古堡
1	かかり	係り	［名］	相關單位
0	バスてい	バス停	［名］	公車站
0	さそう	誘う（誘います）	［動Ⅰ］	邀約
2	はしる	走る（走ります）	［動Ⅰ］	跑；跑步

⓪	だいたい		[副]	大概；通常
①	ラジオ		[名]	收音機（英radio）
①	シャワー		[名]	淋浴（英shower）
⓪	かお	顔	[名]	臉
①	デート		[名]	約會（英date）
①	レッスン		[名]	才藝課；課程（英lesson）
②	やま	山	[名]	山
①	でんき	電気	[名]	電燈
⓪	チャット		[名]	線上聊天（英chat）
⑥	オンラインゲーム		[名]	線上遊戲（英on-line game）
①	さす	差す（差します）	[動Ⅰ]	撐 傘を差す
⓪	ひく	弾く（弾きます）	[動Ⅰ]	彈
⓪	うたう	歌う（歌います）	[動Ⅰ]	唱歌
⓪	うんてんする	運転する（運転します）	[動Ⅲ]	開車
③	しらべる	調べる（調べます）	[動Ⅱ]	查；調查
⓪	あびる	浴びる（浴びます）	[動Ⅱ]	淋浴 シャワーを浴びる
⓪	おどる	踊る（踊ります）	[動Ⅰ]	跳舞

1	ふる	降る（降ります）	［動Ⅰ］下（雨） 雨が降る
0	やむ	止む（止みます）	［動Ⅰ］（雨）停 雨が止む
0	のぼる	上る（上ります）	［動Ⅰ］爬（樓梯） 階段を上る
2	おりる	下りる（下ります）	［動Ⅱ］下（樓梯） 階段を下りる
2	つける	付ける（付けます）	［動Ⅱ］開（電燈） 電気を付ける
0	けす	消す（消します）	［動Ⅰ］關（電燈） 電気を消す
	～ばん	～番	［接尾］～號

いえいえ、そんなことないです。	**哪裡哪裡，沒那回事。**
どうやって	怎麼～；如何～
ええと	嗯

文型

1. [V₁]ます　ながら　[V₂]。

2. [V₁]てから　[V₂]。

3. [V₁]たり　[V₂]たり　する。

用例

 CD 29

1. 私はいつも音楽を聞きながら、勉強します。

2. 私は毎日学校が終わってから、アルバイトに行きます。

3. 休みの日に掃除したり洗濯したりします。

4. 学生が事務室の前を行ったり来たりしています。

5. ドラマを見るのが好きです。

6. 台南駅でバスに乗って、台南空港でバスを降ります。

動詞類型	ます形	辞書形	て形	た形
I 類	書きます	書く	書いて	書いた
	脱ぎます	脱ぐ	脱いで	脱いだ
	行きます	行く	行って＊	行った＊
	買います	買う	買って	買った
	待ちます	待つ	待って	待った
	撮ります	撮る	撮って	撮った
	呼びます	呼ぶ	呼んで	呼んだ
	死にます	死ぬ	死んで	死んだ
	飲みます	飲む	飲んで	飲んだ
	話します	話す	話して	話した
II 類	見ます	見る	見て	見た
	食べます	食べる	食べて	食べた
III 類	します	する	して	した
	来ます	来る	来て	来た

会 話一 CD 30

中村： 李さん、日本語の発音（はつおん）がきれいですね。

李　： いえいえ、そんなことないです。

中村： いつもどうやって勉強していますか。

李　： ＣＤ（シーディー）を聞きながら、練習しています。

中村： そうですか。私もそのやり方（かた）で中国語を勉強してみます。ところで、李さんは休みの日に何をしますか。

李　： そうですね。だいたい家でテレビを見たり勉強したりします。時々、勉強してからジョギングをします。

中村： ジョギングするんですか。今度私も誘（さそ）ってください。走（はし）るのが好きですから。

李　： ええ、分かりました。じゃ、今度の日曜日に一緒に走（はし）りましょう。

会話二

CD 31

台南駅の観光案内所で

小林　　：すみません。安平古堡に行きたいんですが、どう
　　　　　やって行きますか。

係りの人：安平古堡ですか。ええと、あそこにバス停があり
　　　　　ますね。 2番のバスに乗ってください。それか
　　　　　ら、安平古堡でバスを降りてください。

小林　　：はい、分かりました。どうもありがとうございま
　　　　　した。

練習問題

1．例のように文を作りなさい。

例 音楽を聞く・勉強する

→ 音楽を聞きながら、勉強します。

① テレビを見る・ご飯を食べる

→ _____

② 自転車に乗る・傘を差す

→ _____

③ ピアノを弾く・歌う

→ _____

④ ラジオを聞く・運転する

→ _____

⑤ 辞書を調べる・日本語を勉強する

→ _____

⑥ お菓子を食べる・ゲームをする

→ _____

2．例のように文を作りなさい。

例1　勉強が終わる・テレビを見る

→　昨日勉強が終わってから、テレビを見ました。

例2　お皿を洗う・洗濯する。

→　毎日お皿を洗ってから、洗濯します。

① ジョギングをする・シャワーを浴びる

→　いつも ＿＿＿＿＿＿＿＿＿＿＿＿＿＿

② 歯を磨く・顔を洗う

→　毎朝 ＿＿＿＿＿＿＿＿＿＿＿＿＿＿

③ 新聞を読む・会社へ行く

→　今朝 ＿＿＿＿＿＿＿＿＿＿＿＿＿＿

④ 仕事が終わる・彼女とデートをする

→　昨日 ＿＿＿＿＿＿＿＿＿＿＿＿＿＿

⑤ 宿題をする・テレビを見る

→　ゆうべ ＿＿＿＿＿＿＿＿＿＿＿＿＿＿

⑥ ピアノのレッスンが終わる・買い物に行く

→　あさって ＿＿＿＿＿＿＿＿＿＿＿＿＿＿

３．例のように文を作りなさい。

例1　私は休みの日にゲームをしたりテレビを見たりします。
（ゲームをする・テレビを見る）

例2　佐藤さんはいつも日本と台湾を行ったり来たりしています。
（行く・来る）

① 私はよくパーティーで友達と＿＿＿＿＿＿＿＿＿＿＿＿＿＿
（歌う・踊る）

② 私は夏休みに家族と＿＿＿＿＿＿＿＿＿＿＿＿＿＿
（山へ行く・海へ行く）

③ 今週の日曜日は＿＿＿＿＿＿＿＿＿＿＿＿＿
（映画を見る・買い物をする）

④ 雨が＿＿＿＿＿＿＿＿＿＿＿＿
（降る・止む）

⑤ 子供は階段を＿＿＿＿＿＿＿＿＿＿＿＿
（上る・下りる）

⑥ 弟は電気を＿＿＿＿＿＿＿＿＿＿＿＿
（付ける・消す）

4．例のように文を作りなさい。

　　例　日本語の歌を聞きます。

　　　　→　日本語の歌を聞くのが好きです。

　　① 電車の写真を撮ります。

　　→　_____

　　② 映画を見ます。

　　→　_____

　　③ インターネットで友達とチャットをします。

　　→　_____

　　④ オンラインゲームをします。

　　→　_____

　　⑤ 海で泳ぎます。

　　→　_____

　　⑥ お酒を飲みます。

　　→　_____

5．次の質問に答えなさい。

　　① 休みの日に何をしますか。

　　→　_____

　　② どうやって日本語を勉強しますか。

　　→　_____

③ ご飯を食べてから、何をしますか。

→ _____

④ 何をしながら、勉強しますか。

→ _____

⑤ 毎朝何時に家を出ますか。

→ _____

⑥ 日本のドラマを見るのが好きですか。

→ _____

文法説明

1. [V₁] ますながら[V₂]。

例　音楽を聞きながら勉強します。　　（邊聽音樂邊讀書。）

動詞ます形（去掉ます）加「ながら」，表示兩個動作同時進行。 相當於中文的「一邊〜，一邊〜」。

2. [V₁]てから[V₂]。

例　ご飯を食べてからシャワーを浴びます。　　（吃完飯之後洗澡。）

「〜てから」前面的動詞要用「て形」，表示做一個動作之後，接著做下一個動作。相當於中文的「做〜之後做〜」。

3. [V₁]たり[V₂]たりする。

(1) 動作的列舉

例　休みの日に掃除したり洗濯したりします。
　　（假日會掃掃地啦、洗洗衣服啦。）

(2) 動作的反覆

例　雨が降ったり止んだりしています。　　（雨下下停停的。）

此時「する」要用「しています」表示持續的狀態。

「〜たり」前面的動詞要用「た形」，「た形」的變化同「て形」(請參照課文中的附表)，表示動作的列舉或動作的反覆。

4.［V］のが好き／嫌いです。

　　例　**本を読むのが好きです。**　　　　　　（我喜歡看書。）

　　　　肉を食べるのが嫌いです。　　　　　（我討厭吃肉。）

「が」前面須接名詞，因此如為動詞的話須加「の」將句子名詞化。

5. 台南駅で高速鉄道に乗って、台北駅で高速鉄道を降ります。
　　（在台南車站搭高鐵，在台北車站下車。）

　　例　**教室に入る**　（進入教室）

　　　　教室を出る　（離開教室）

　　　　大学に入る　（上大學）

　　　　大学を出る　（大學畢業）

助詞「に」可接在動詞前，表動作、作用的歸著點或動作移動的方向；「を」
則表示離開點。

運動相關用語

日本語	中国語	日本語	中国語
アーチェリー	射箭	テコンドー	跆拳道
アイスホッケー	冰上曲棍球	ソフトボール	壘球
アイススケート	溜冰	バレーボール	排球
空手	空手道	バドミントン	羽毛球
水泳	游泳	バスケットボール	籃球
柔道	柔道	卓球	桌球
体操	體操	シンクロ	水上芭蕾
フィギュア	花式溜冰	スキー	滑雪

筆 記 欄

第 9 課　タバコを吸わないでください

単語　　　　　　　　　　　　　　　　　　　　　　　🔘 CD 32

0	じゅぎょうちゅう	授業中	[名]	上課中
0	にほんしゅ	日本酒	[名]	日本酒
2	ポケット		[名]	口袋（英 pocket）
0	ひゃくえん	百円	[名]	一百日圓
4	しんちくえき	新竹駅	[名]	新竹車站
5	こうそくてつどう	高速鉄道	[名]	高鐵（可略稱爲「高鉄」）
3	さんかい	三回	[名]	三次
0	きんえん	禁煙	[名]	禁止吸煙
0	きつえん	喫煙	[名]	吸煙
1	コーナー		[名]	～區；轉角（英 corner）
0	かいじょう	会場	[名]	會場
0	かぜ	風邪	[名]	感冒
0	いしゃ	医者	[名]	醫生
4	いちにち	一日	[名]	一天；一整天

1	わくわくする	わくわくする（わくわくします）	[動Ⅲ]	歡喜；雀躍
0	いっぷくする	一服する（一服します）	[動Ⅲ]	抽支煙；喝杯茶；休息
0	ひく	引く（引きます）	[動Ⅰ]	得〜；患〜　〜を引く
2	やすむ	休む（休みます）	[動Ⅰ]	休息
1	みまん	未満	[名]	不足；未滿
2	ゴミ		[名]	垃圾
0	ひるね	昼寝	[名]	午睡
0	すいどうだい	水道代	[名]	自來水費
0	まいつき	毎月	[名]	每個月；每月
5	もんだいようし	問題用紙	[名]	試卷；題目卷
0	なまえ	名前	[名]	姓名；名字
2	ねつ	熱	[名]	（發）燒；熱；熱度
0	くすり	薬	[名]	藥
0	やきゅう	野球	[名]	棒球
0	がいこくご	外国語	[名]	外語
2	もの	物	[名]	東西
2	おこる	怒る（怒ります）	[動Ⅰ]	生氣
0	すてる	捨てる（捨てます）	[動Ⅱ]	扔掉；拋棄

2	はらう	払う（払います）	[動Ⅰ] 支付
2	さがる	下がる （下がります）	[動Ⅰ] 下降 ～が下がる
2	できる	できる（できます）	[動Ⅱ] 能；會
0	いろいろ(な)		[ナ形] 各式各様；各種各様
	～め	～目	[接尾] 第～
0	やまもと	山本	[姓]　山本

| おいしそうなりょうり
ですね | おいしそうな料理
ですね | 看起來好好吃的菜
喔！ |

文型

1．[V]ないと思います。

2．[V]ないでください。

3．[V]なくてもいいです。

4．[V]なくてはいけません。

5．[N／数詞]しか　[V]ません。

用例

 CD 33

1．林さんは明日学校に来ると思いますか。
　　—いいえ、明日は日曜日ですから、来ないと思います。

2．授業中はケータイを使わないでください。

3．明日は土曜日です。会社へ行かなくてもいいですか。
　　—はい、行かなくてもいいです。
　　—いいえ、行かなくてはいけません。

4．山下さんは日本酒しか飲みません。

5．ポケットの中に百円しかありません。

動詞類型	ない形	ます形	辞書形
I 類	会わない	会います	会う
	書かない	書きます	書く
	泳がない	泳ぎます	泳ぐ
	貸さない	貸します	貸す
	待たない	待ちます	待つ
	死なない	死にます	死ぬ
	呼ばない	呼びます	呼ぶ
	飲まない	飲みます	飲む
	乗らない	乗ります	乗る
II 類	起きない	起きます	起きる
	食べない	食べます	食べる
III 類	勉強しない	勉強します	勉強する
	来ない	来ます	来る

会話一

 CD 34

こうてつしんちくえき
高鉄新竹駅で

李　　：山本さん。

やまもと
山本：あっ、李さん。おはようございます。

李　　：おはようございます。どこへ行くんですか。

やまもと
山本：台南です。

李　　：お仕事ですか。

やまもと
山本：いいえ、今日は日曜日ですから、仕事をしなくてもいい
　　　です。ちょっと友達に会いに行きます。台湾の高速鉄道
　　　に乗るのは初めてです。わくわくしています。

李　　：そうですか。私は今日で三回目です。

やまもと
山本：ところで、ここでタバコを吸ってもいいですか。

李　　：いいえ、ここは禁煙ですから、ここで吸わないでく
　　　ださい。あそこに喫煙コーナーがありますね。あそ
　　　こで吸ってください。

やまもと
山本：そうですか。それでは、あそこでちょっと一服します。

李　　：どうぞ。

会話二

 CD 35

パーティーの会場（かいじょう）で

李　　：山本（やまもと）さん、こんにちは。

山本（やまもと）：あっ、こんにちは。

李　　：おいしそうな料理ですね。

山本（やまもと）：そうですね。刺身はどうですか。

李　　：刺身はちょっと・・・。

山本（やまもと）：そうですか。ところで、陳さんは来（き）ていませんね。

李　　：陳さんは風邪（かぜ）を引（ひ）きました。お医者（いしゃ）さんは「今日
　　　　一日（いちにち）家で休（やす）まなくてはいけない。」と言いました。

山本（やまもと）：そうですか。

李　　：今日は来（こ）ないと思います。

山本（やまもと）：残念ですね。

練習問題

1．次の動詞を［ない形］にしなさい。

例 吸う　→　吸わない

聞く ＿＿＿＿＿＿＿＿＿＿　　脱ぐ ＿＿＿＿＿＿＿＿＿＿

待つ ＿＿＿＿＿＿＿＿＿＿　　話す ＿＿＿＿＿＿＿＿＿＿

売る ＿＿＿＿＿＿＿＿＿＿　　買う ＿＿＿＿＿＿＿＿＿＿

起きる ＿＿＿＿＿＿＿＿＿＿　　帰る ＿＿＿＿＿＿＿＿＿＿

食べる ＿＿＿＿＿＿＿＿＿＿　　勉強する ＿＿＿＿＿＿＿＿＿＿

呼ぶ ＿＿＿＿＿＿＿＿＿＿　　読む ＿＿＿＿＿＿＿＿＿＿

降る ＿＿＿＿＿＿＿＿＿＿　　走る ＿＿＿＿＿＿＿＿＿＿

来る ＿＿＿＿＿＿＿＿＿＿　　死ぬ ＿＿＿＿＿＿＿＿＿＿

つける ＿＿＿＿＿＿＿＿＿＿　　消す ＿＿＿＿＿＿＿＿＿＿

2．例のように言いなさい。

例 林さんは今日学校へ来ると思いますか。

→　いいえ、林さんは今日来ないと思います。

① 李さんは怒ると思いますか。

→　いいえ、＿＿＿＿＿＿＿＿＿＿＿＿＿＿＿＿＿＿＿＿＿＿＿

② 田中先生は今事務室にいると思いますか。

→　いいえ、＿＿＿＿＿＿＿＿＿＿＿＿＿＿＿＿＿＿＿＿＿＿＿

③　陳さんは刺身を食べると思いますか。

→　いいえ、＿＿＿＿＿＿＿＿＿＿＿＿＿＿＿＿＿＿＿＿

④　高橋さんは会社をやめると思いますか。

→　いいえ、＿＿＿＿＿＿＿＿＿＿＿＿＿＿＿＿＿＿＿＿

⑤　明日は雪が降ると思いますか。

→　いいえ、＿＿＿＿＿＿＿＿＿＿＿＿＿＿＿＿＿＿＿＿

⑥　林さんはスピーチ・コンテストに出ると思いますか。

→　いいえ、＿＿＿＿＿＿＿＿＿＿＿＿＿＿＿＿＿＿＿＿

3．例のように言いなさい。

例　**図書館でお弁当を食べてもいいですか。**

→　**いいえ、図書館で食べないでください。**＿＿＿＿＿＿

①　授業 中、隣の人と話してもいいですか。

→　いいえ、＿＿＿＿＿＿＿＿＿＿＿＿＿＿＿＿＿＿＿＿

②　二十歳未満の人はお酒を飲んでもいいですか。

→　いいえ、＿＿＿＿＿＿＿＿＿＿＿＿＿＿＿＿＿＿＿＿

③　ここでタバコを吸ってもいいですか。

→　いいえ、＿＿＿＿＿＿＿＿＿＿＿＿＿＿＿＿＿＿＿＿

④　ここにゴミを捨ててもいいですか。

→　いいえ、＿＿＿＿＿＿＿＿＿＿＿＿＿＿＿＿＿＿＿＿

⑤ 図書館で昼寝をしてもいいですか。

→ いいえ、＿＿＿＿＿＿＿＿＿＿＿＿＿＿＿＿＿＿＿＿＿＿＿

⑥ バスの中でケータイをかけてもいいですか。

→ いいえ、＿＿＿＿＿＿＿＿＿＿＿＿＿＿＿＿＿＿＿＿＿＿＿

４．次の文を完成させなさい。

例　A：土曜日は会社へ行かなくてもいいですか。

　　B：はい、土曜日は会社へ行かなくてもいいです。

　　　　いいえ、土曜日は会社へ行かなくてはいけません。

① A：水道代は毎月払わなくてもいいですか。

　 B：はい、＿＿＿＿＿＿＿＿＿＿＿＿＿＿＿＿＿＿＿＿＿＿

　　 いいえ、＿＿＿＿＿＿＿＿＿＿＿＿＿＿＿＿＿＿＿＿＿＿

② A：問題用紙に名前を書かなくてもいいですか。

　 B：はい、＿＿＿＿＿＿＿＿＿＿＿＿＿＿＿＿＿＿＿＿＿＿

　　 いいえ、＿＿＿＿＿＿＿＿＿＿＿＿＿＿＿＿＿＿＿＿＿＿

③ A：今度の日本語能力試験を受けなくてもいいですか。

　 B：はい、＿＿＿＿＿＿＿＿＿＿＿＿＿＿＿＿＿＿＿＿＿＿

　　 いいえ、＿＿＿＿＿＿＿＿＿＿＿＿＿＿＿＿＿＿＿＿＿＿

④ A：熱が下がりましたから、薬を飲まなくてもいいですか。

　 B：はい、＿＿＿＿＿＿＿＿＿＿＿＿＿＿＿＿＿＿＿＿＿＿

　　 いいえ、＿＿＿＿＿＿＿＿＿＿＿＿＿＿＿＿＿＿＿＿＿＿

⑤　A：毎日教室の掃除をしなくてもいいですか。

　　B：はい、＿＿＿＿＿＿＿＿＿＿＿＿＿＿＿＿＿＿

　　　　いいえ、＿＿＿＿＿＿＿＿＿＿＿＿＿＿＿＿＿

5．例のように言いなさい。

例　私は日本語ができます。

　　→　私は日本語しかできません。＿＿＿＿＿＿＿＿

① 教室に学生が二人います。

→ ＿＿＿＿＿＿＿＿＿＿＿＿＿＿＿＿＿＿＿＿＿＿＿

② 冬休みは三週間あります。

→ ＿＿＿＿＿＿＿＿＿＿＿＿＿＿＿＿＿＿＿＿＿＿＿

③ 私は豚肉を食べます。

→ ＿＿＿＿＿＿＿＿＿＿＿＿＿＿＿＿＿＿＿＿＿＿＿

④ 高橋先生はビールを飲みます。

→ ＿＿＿＿＿＿＿＿＿＿＿＿＿＿＿＿＿＿＿＿＿＿＿

⑤ 林さんは野球ができます。

→ ＿＿＿＿＿＿＿＿＿＿＿＿＿＿＿＿＿＿＿＿＿＿＿

6．次の質問に答えなさい。

① 明日雨が降ると思いますか。

→ _____

② 土曜日は学校へ行かなくてはいけませんか。

→ _____

③ あなたはいろいろな外国語_{がいこくご}ができますか。

→ _____

④ 日本語の先生はお酒を飲むと思いますか。

→ _____

⑤ 毎日勉強しなくてもいいですか。

→ _____

⑥ 授業中_{じゅぎょうちゅう}、物_{もの}を食べてもいいですか。

→ _____

文法説明

1. [V]ないと思います。

例 林さんは明日学校に来ないと思います。

（我想林同學明天不會來學校。）

以「動詞ない形＋と思います。」表示說話者的否定推測（有關肯定推測，請參考第二課）。中文翻成「我想（認為）不會～」。

「動詞ない形」

Ⅰ類動詞　除了以「う」結尾的動詞以「わ」接「ない」之外，其他動詞都是將語尾[u]段音改成[a]段音後，再接「ない」。

例 歌う　→　歌わ＋ない　→　歌わない

　　行く　→　行か＋ない　→　行かない

　　脱ぐ　→　脱が＋ない　→　脱がない

　　話す　→　話さ＋ない　→　話さない

　　待つ　→　待た＋ない　→　待たない

　　死ぬ　→　死な＋ない　→　死なない

　　飛ぶ　→　飛ば＋ない　→　飛ばない

　　読む　→　読ま＋ない　→　読まない

　　乗る　→　乗ら＋ない　→　乗らない

Ⅱ類動詞　去除動詞語尾「る」後加上「ない」。

例 起きる　→　起き＋ない　→　起きない

　　食べる　→　食べ＋ない　→　食べない

Ⅲ類動詞　「する」結尾的動詞是將語尾「する」改成「し」後加「ない」。
　　　　　　「来る」則是改成「来ない」。注意漢字「来」的發音。

例 勉強する　→　勉強し＋ない　→　勉強しない

　　来る　→　来ない

2. [V]ないでください。

例 **ケータイを使わないでください。** （請不要使用手機。）

「動詞ない形＋ないでください」表示要求或請求對方不要做某個行為。中文翻譯成「請不要～」。（其肯定形「Ｖてください」已經在第五課出現，請參考。）

3. [V]なくてもいいです。

例 **会社へ行かなくてもいいです。** （可以不去公司。）

「動詞ない形＋なくてもいいです。」表示允許可以不做某個行為（表示允許可以做某個行為的肯定表現法，請參考第五課）。中文翻成「可以不～」。

4. [V]なくてはいけません。

例 **会社へ行かなくてはいけません。** （必須到公司去。）

「動詞ない形＋なくてはいけません。」表示有那樣的義務、必要，去做某個行為。中文翻成「必須～；應該～」。此外，本句型亦可說成「動詞ない形＋なければいけません。」。

5. [N／数詞]しか[V]ません。

例 **日本酒しか飲みません。** （只喝日本酒。）
　　教室に学生が一人しかいません。 （教室裡只有一個學生。）

「しか」前面為名詞或數量詞，後面則必須是動詞否定句，形成「名詞／數量詞しか[V]ません」，表示「肯定的限定」。但是，前面為數量詞時，含有說話者認為「數量（次數）很少」的語氣。中文翻成「只（僅）～」。

6. 今日で三回目です。

例 父は二十八歳<ruby>結婚<rt>けっこん</rt></ruby>しました。　　　（父親在28歳時結婚。）

台北<rt>たいぺい</rt>フラワー展<rt>てん</rt>は今年で十年目<rt>め</rt>です。　（台北花展今年是第十年。）

在時間、年齡等的後面加上助詞「で」，表示在該時點、年齡時發生的事情或狀態。

日本的茶道

日本的茶道一般指的是抹茶，以所謂的三千家－「裏千家」「表千家」
「武者の小路千家」－比較有名。

在台灣有關「武者の小路千家」的資訊比較少。一般而言，常聽到的是，
「裏千家」和「表千家」。「裏千家」比較能接受新的事物，所以比較時
尚；「表千家」比較保守，所以比較質樸。

基本的泡抹茶道具如下：

ちゃわん　　　　　ちゃせん　　　　　ちゃしゃく　　　　まっちゃ
茶碗　　　　　　　茶筅　　　　　　　茶杓　　　　　　　抹茶

喝 茶 的 步 驟

① 從對方接過抹茶碗後，將抹茶碗放在左手掌上，右手則扶著抹茶碗的右
側。

② 用右手將抹茶碗向順時針轉半圈，大約三口半左右喝完。

③ 喝完後用拇指和食指，從左至右將喝過的地方擦拭一下，然後將抹茶碗
逆時針方向，轉回原來的位置(正面)即可。

第 10 課　阿里山に登ったことがありますか

単語　　　　　　　　　　　　　　　　　　　　🔘 CD 36

⓪	ぼうし	帽子	［名］	帽子
②	かぶる	かぶる（かぶります）	［動Ⅰ］	戴
①	もっと		［副］	更；再
②	ありさん	阿里山	［名］	阿里山
③	ありさんごう	阿里山号	［名］	阿里山號
⓪	ひので	日の出	［名］	日出
②	にさんにち	二三日	［名］	兩三天
⓪	みっかぶん	三日分	［名］	三天份
⓪	しょくご	食後	［名］	飯後
⓪	はやめに	早めに	［副］	提前；早一點
⓪	かぶき	歌舞伎	［名］	歌舞伎
①	スーツ		［名］	套裝；西裝 （英suit）
⓪	しょくじ	食事	［名］	飲食；用餐
①	こえ	声	［名］	聲音（人或動物物）
①	トイレ		［名］	化妝室；洗手間 （英 toilet）

139

⓪	せっけん		[名]	肥皂；香皂
③	たいふう	台風	[名]	颱風
③	よなか	夜中	[名]	半夜；夜半
①	そと	外	[名]	外面；室外
⓪	おんせん	温泉	[名]	温泉
⓪	そうだんする	相談する（相談します）	[動Ⅲ]	商量
⓪	きる	着る（着ます）	[動Ⅱ]	穿
①	だす	出す（出します）	[動Ⅰ]	給；發出；寄出；提出
①	たつ	立つ（立ちます）	[動Ⅰ]	立；站
⓪	はく	履く（履きます）	[動Ⅰ]	穿（鞋；襪等）
②	かける	かける（かけます）	[動Ⅱ]	戴；掛
⓪	あぶない	危ない	[イ形]	危險的

いちどもありません	一度もありません	一次也沒有
せきがでる	咳が出る（出ます）	咳嗽
はながつまる	鼻がつまる（つまります）	鼻塞
おだいじに	お大事に	請保重
ねつがでる	熱が出る（出ます）	發燒
～あとで	～後で	～之後
どうしましたか		怎麼了？

文型

1．[V]たことが　あります。

2．[V]たほうが　いいです。

3．[V]ないほうが　いいです。

4．[V₁]たまま、[V₂]。

5．[V₁]た後で、[V₂]。

用例

 CD 37

1．日本へ行ったことがありますか。
　　―はい、行ったことがあります。
　　―いいえ、行ったことがありません。

2．テストがありますから、もっと勉強したほうがいいです。

3．タバコは体によくないですから、吸わないほうがいいです。

4．李さんは帽子をかぶったまま、教室に入りました。

5．運動した後で、シャワーを浴びます。

会話一

 CD 38

王　：　鈴木さん、阿里山に登ったことがありますか。

鈴木：　いいえ、一度もありません。

王　：　じゃ、今週の日曜日一緒に阿里山号で阿里山へ行きませんか。

鈴木：　ええ、行きましょう。ぜひ乗ってみたいです。日の出も見たいですね。

王　：　日曜日ですから、切符を早めに予約したほうがいいですね。

鈴木：　ええ、お願いします。

注　阿里山号：森林鉄道の列車名

会話二

 CD 39

木村：　こんにちは。

李　：　こんにちは。元気がないですね。

木村：　風邪を引いたんです。咳が出て、鼻もつまっています。

李　：　病院へ行ったほうがいいですよ。

木村：　はい、そうします。

李　：　お大事に。

病院で

医者： どうしましたか。

木村： 熱があります。

医者： この二三日冷たいものを飲まないほうがいいです。
薬は三日分出しますから、食後に飲んでください。

木村： あのう、すみません。お風呂に入ってもいいですか。

医者： 今日は入らないほうがいいですよ。

木村： はい、分かりました。

医者： お大事に。

練習問題

1．下の表を完成しなさい。

ない形	ます形	辞書形	た形
行かない	行きます	行く	行った
		吸う	
		出す	
		立つ	
		履く	
		登る	
		読む	
		呼ぶ	
		死ぬ	
		開ける	
		着る	
		相談する	
		来る	

2．例のように練習しなさい。

例1 刺身を食べる。 （はい）

A：刺身を食べたことがありますか。

B：はい、食べたことがあります。

例2 日本へ行く。（いいえ）

A：日本へ行ったことがありますか。

B：いいえ、行ったことがありません。

① 英語で電話をかける。（いいえ）

A：_____

B：_____

② 雪を見る。（はい）

A：_____

B：_____

③ スキーをする。（いいえ）

A：_____

B：_____

④ 飛行機に乗る。（いいえ）

A：_____

B：_____

⑤ 歌舞伎を見る。（はい）

A：_____

B：_____

3．例のように練習しなさい。

例 バスで行く。　→　　バスで行ったほうがいいです。

① 薬を飲む。　→ _____

② 先生と相談する。　→ _____

③ 早く来る。　→ _____

④ スーツを着る。　→ _____

⑤ 窓を閉める。　→ _____

4．例のように練習しなさい。

例 授業中・ケータイを使う。

　→　授業中、ケータイを使わないほうがいいです。

① ベッドで・タバコを吸う。

→ _____

② 風邪の時・お風呂に入る。

→ _____

③ 危ないですから・窓を開ける。

→ _____

④ 寝る前に・食事をする。

→ _____

⑤ 鉛筆で手紙を書く。

→ _____

5．例のように練習しなさい。

例1　風邪の時、病院へ<u>行った(行く)</u>ほうがいいです。

例2　運転をしますから、お酒を<u>飲まない(飲む)</u>ほうがいいです。

① 図書館で、大きい声を＿＿＿＿＿＿＿（出<ruby>す<rt>だ</rt></ruby>）ほうがいいです。

② トイレへ行った後で、せっけんで手を＿＿＿＿＿＿（洗う）ほうがいいです。

③ <ruby>台風<rt>たいふう</rt></ruby>が来ますから、うちに＿＿＿＿＿＿（いる）ほうがいいです。

④ <ruby>夜中<rt>よ なか</rt></ruby>には<ruby>外<rt>そと</rt></ruby>で＿＿＿＿＿＿（遊ぶ）ほうがいいです。

⑤ 寝る前に、歯を＿＿＿＿＿＿（磨く）ほうがいいです。

6．例のように練習しなさい。

例　<ruby>立<rt>た</rt></ruby>つ・ラーメンを食べる

→　<ruby>立<rt>た</rt></ruby>ったままラーメンを食べました。

① 昨日・かばんを教室に置く・帰る

→　＿＿＿＿＿＿＿＿＿＿＿＿＿＿＿＿＿＿＿＿＿＿

② めがねをかける・お風呂に入る

→　＿＿＿＿＿＿＿＿＿＿＿＿＿＿＿＿＿＿＿＿＿＿

③ 靴を<ruby>履<rt>は</rt></ruby>く・部屋に入る

→　＿＿＿＿＿＿＿＿＿＿＿＿＿＿＿＿＿＿＿＿＿＿

④ 窓を開ける・出掛ける

→ _____

⑤ ラジオをつける・寝る

→ _____

7．例のように練習しなさい。

例 手を洗う・料理を作る

→ 手を洗った後で、料理を作ります。

① テレビを見る・お風呂に入る

→ _____

② コーヒーを飲む・新聞を読む

→ _____

③ 体を洗う・温泉に入る

→ _____

④ 買い物をする・食事をする

→ _____

⑤ 授業が終わる・電気を消す

→ _____

文法説明

1. ［V］たことがあります。

例 アメリカへ行ったことがありますか。 （去過美國嗎？）
ーはい、行ったことがあります。 （是的，去過。）
ーいいえ、行ったことがありません。 （不，沒去過。）

「［V］たことがあります」表示過去的某種經驗，中譯為「曾經〜」。

2. ［V］たほうがいいです。

例 風邪の時、休んだほうがいいです。（感冒的時候，最好休息。）
もっと勉強したほうがいいですよ。（再用功些會比較好喔！）

「［V］たほうがいいです」表勸告或提議他人做某種動作，中譯為「最好〜」
或「〜比較好」。注意不能對地位比自己高的人使用。

3. ［V］ないほうがいいです。

例 タバコを吸わないほうがいいです。（不要抽煙比較好。）

「［V］ないほうがいいです」表勸告或提議他人不要做某種動作。中譯為「最
好不要〜」或「不要〜比較好」。但要注意不能對地位比自己高的人使用。

4．［V］たまま～

例　**父はめがねをかけたまま、寝てしまいました。**

（爸爸戴著眼鏡睡著了。）

「［V］たまま～」表某動作完成後持續其狀態，而且進行另一動作，但那種狀態多被認為是不自然的狀態。

5．［V］た後で

例　**ご飯を食べた後で、歯を磨きます。**（吃完飯後刷牙。）

「［V］た後で～」表做完某動作之後，再做下一個動作。此句型著重動作的先後順序。

怎麼説呢？

常見病痛用語

日本語	中国語	日本語	中国語
くしゃみがでる	打噴嚏	足が腫れる	腳腫
寒気がする	渾身發冷	頭が痛い	頭痛
咳がとまる	止咳	けがをする	受傷
体がだるい	全身無力	やけどをする	燙傷
食欲がない	沒食慾	日焼けをする	曬傷
吐き気がする	噁心；作嘔	ねんざをする	(關節)挫傷；扭傷
調子が悪い	身體不適	皮がむける	脱皮
汗をかく	冒汗	肩が凝る	肩膀酸痛
めまいがする	頭暈	ずきずき	抽痛
目が痒い	眼睛癢	がんがん	(頭)劇痛；耳鳴
血が出る	出血	ひりひり	刺痛
下痢をする	拉肚子	きりきり	(胃)絞痛
おなかを壊す	吃壞肚子	むかむか	噁心；想吐

第 11 課　明日、学校へ行く

単語　　　　　　　　　　　　　　　　　　　　🔘 CD 40

◯	しゅうまつ	週末	[名]	週末
①	じょうし	上司	[名]	上司
①	じこ	事故	[名]	車禍；意外
③	つかれる	疲れる（疲れます）	[動Ⅱ]	累；疲倦
◯	おくれる	遅れる（遅れる）	[動Ⅱ]	誤點；遲到
①	うん		[感]	是的 （「はい」的常體）
②	ううん		[感]	不；不是 （「いいえ」的常體）

◯	だんせい	男性	[名]	男性
◯	ざんぎょう	残業	[名]	加班
◯	じょせい	女性	[名]	女性
④	でんしじしょ	電子辞書	[名]	電子辭典
①	ネット		[名]	網路（「インターネット」之略）
◯	くらべる	比べる（比べます）	[動Ⅱ]	比較
②	うまい		[イ形]	好吃的

◎	いや		[感]	不；不是（「いいえ」的常體）
◎	せいせき	成績	[名]	成績
◎	びょうき	病気	[名]	生病
①	むり	無理	[名]	勉強
◎	がくしょく	学食	[名]	學生餐廳（「学生食堂」之略）
◎	このあいだ	この間	[名]	上一次；前些日子
◎	バイト		[名]	打工（「アルバイト」之略）
◎	りゅうがく	留学	[名]	留學
②	てつづき	手続き	[名]	手續
①	セール		[名]	拍賣（英sale）
◎	ブランド		[名]	名牌；品牌（英brand）
①	バッグ		[名]	皮包（英bag）
◎	わりびき	割引	[名]	打折；折扣
③	かえりみち	帰り道	[名]	回家的路上
①	すむ	済む（済みます）	[動Ⅰ]	結束；完成
①	こむ	込む（込みます）	[動Ⅰ]	擁擠
◎	せつやくする	節約する（節約します）	[動Ⅲ]	節省

②	ぬれる	濡れる（濡れます）	［動Ⅱ］	淋濕
⓪	ちょうど		［副］	剛好
②	すこし	少し	［副］	有一點

そこにしよう		決定那裡吧！
てがあく	手が空く	有空
りょうほうとも	両方とも	兩個都～

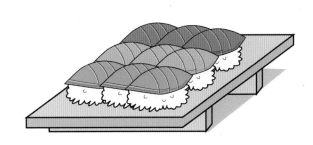

文型

（常体）

1．[V]。

2．[Aい]。

3．[Na]。

4．[N]。

用例

 CD 41

1．明日、学校へ行く？
　　―うん、行く。
　　―ううん、行かない。

2．先週、家に帰った？
　　―うん、帰った。
　　―ううん、帰らなかった。

3．この映画（を）見たことある？
　　―うん、ある。
　　―ううん、ない。

4．今、日本は寒い？
　　―うん、寒い。
　　―ううん、寒くない。

5．昨日、忙しかった？
　　―うん、忙しかった。
　　―ううん、忙しくなかった。

6．旅行（は）、どうだった？
　　―ちょっと疲れたけど、楽しかったよ。

7．私の部屋は、静かだ。

8．週末、暇？
　　―うん、暇。
　　―ううん、暇じゃない。

9．今日のテスト（は）簡単だった？
　　―うん、簡単だった。
　　―ううん、簡単じゃなかった。

10．上司は日本人だ。

11．あの留学生（は）ベトナム人？
　　―うん、ベトナム人。
　　―ううん、ベトナム人じゃない。

12．この前の日曜日、仕事だった？
　　―うん、仕事だった。
　　―ううん、仕事じゃなかった。

13．この映画（は）おもしろかったね。
　　―うん、そうだね。

14．事故で電車が20分遅れた。

敬体と常体

動詞類型			敬 体	常 体
Ⅰ類	現在	肯定	書きます	書く
		否定	書きません	書かない
	過去	肯定	書きました	書いた
		否定	書きませんでした	書かなかった
	現在	肯定	あります	ある
		否定	ありません	ない＊
	過去	肯定	ありました	あった
		否定	ありませんでした	なかった＊
Ⅱ類	現在	肯定	見ます	見る
		否定	見ません	見ない
	過去	肯定	見ました	見た
		否定	見ませんでした	見なかった
	現在	肯定	食べます	食べる
		否定	食べません	食べない
	過去	肯定	食べました	食べた
		否定	食べませんでした	食べなかった
Ⅲ類	現在	肯定	来ます	来る
		否定	来ません	来ない
	過去	肯定	来ました	来た
		否定	来ませんでした	来なかった
	現在	肯定	します	する
		否定	しません	しない
	過去	肯定	しました	した
		否定	しませんでした	しなかった

動詞類型				敬　体	常　体
イ形容詞	現在		肯定	暑いです	暑い
			否定	暑くないです	暑くない
	過去		肯定	暑かったです	暑かった
			否定	暑くなかったです	暑くなかった
ナ形容詞	現在		肯定	簡単です	簡単だ
			否定	簡単じゃありません	簡単じゃない
	過去		肯定	簡単でした	簡単だった
			否定	簡単じゃありませんでした	簡単じゃなかった
名詞	現在		肯定	休みです	休みだ
			否定	休みじゃありません	休みじゃない
	過去		肯定	休みでした	休みだった
			否定	休みじゃありませんでした	休みじゃなかった

会話一

 CD 42

会社で

（林：男性　山田：男性）

林　：　今日も残業？

山田：　いや、今日はない。

林　：　じゃ、これから飲みに行かないか？

山田：　いいねえ。最近、仕事で忙しかったから。

林　：　会社の近くの居酒屋、知ってる？

山田：　あの新しい店？まだ行ったことない。

林　：　料理が安くて、うまいんだよ。

山田：　じゃ、そこにしよう。

会話二

 CD 43

（小林：女性　黄：女性）

小林　：　ねえ、辞書持ってる？

黄　　：　うん、持ってるよ。

小林　：　ちょっと貸して。

黄　　：　どうぞ。

小林　：　ありがとう。いいね、これ。

黄　　：　うん、軽くて、便利よ。

小林　：　そう。私も電子辞書ほしいなあ。

黄　　：　これから一緒に買いに行く？

小林　：　うーーん、いや、いい。ネットで調べてみる。いろいろ比べてみたいから。

練習問題

1. 「敬体」を「常体」に換えなさい。

　　例　明日、プールへ行きます。　→　　明日、プールへ行く。

① 毎日散歩をします。　→ _____

② 今日、先生は来ません。　→ _____

③ 昨日、家へ帰りました。　→ _____

④ 今朝、朝ごはんを食べませんでした。

　　→ _____

⑤ 日本の物価は高いです。　→ _____

⑥ 弟の成績はよくないです。　→ _____

⑦ ゆうべのテレビはおもしろかったです。

　　→ _____

⑧ 今年の冬は寒くなかったです。　→ _____

⑨ いつも週末は暇です。　→ _____

⑩ 私は絵が上手ではありません。　→ _____

⑪ 昨日はいい天気でした。　→ _____

⑫ 先週の土曜日は休みじゃありませんでした。

　　→ _____

⑬ 日本へ行きたいです。　→ _____

⑭ ここで写真を撮ってはいけません。

　　→ _____

⑮ 病気の時には、無理をしないほうがいいです。

　　→ _____

2．「敬体」を「常体」に換えなさい。

例　A：ケーキ、食べる。　→　　ケーキを食べますか。

　　B：うん、食べる。　→　　はい、食べます。

① A：昼ごはん、食べない？　→ _____

　 B：うん。どこで食べる？　→ _____

　 A：学食はどう？　→ _____

　 B：いいね。　→ _____

② A：今、手が空いてる？　→ _____

　 B：うん。何？　→ _____

　 A：ちょっと手伝って。　→ _____

　 B：いいよ。　→ _____

③ A：今度の旅行、行く？　→ _____

　 B：行かない。　→ _____

　 A：どうして。　→ _____

　 B：お金、ないから。　→ _____

④ A：この間の休み、帰った？

　 → _____

　 B：ううん、帰らなかった。

　 → _____

　 A：バイトで忙しかった？

　 → _____

　 B：ううん、テスト（の）前だったから。

　 → _____

⑤　A：もう留学（りゅうがく）の手続（てつづ）き、全部してしまった？

→ _____

B：いや、まだ全部は済（す）んでない。

→ _____

3.　「敬体」の日記を「常体」に換えなさい。

6月3日（土）　曇りのち雨

　　今日は、暇でしたから午後から駅前のデパートへ行（い）きました。ちょうどセール中でしたので、デパートは込（こ）んでいました。大好きなブランドの靴とバッグを買いました。両方（りょうほう）とも3割引（わりびき）で、安かったです。でも、お金をたくさん使ってしまいました。これからは、ちょっと節約（せつやく）したほうがいいと思います。

　　デパートを出た時、少（すこ）し雨が降っていましたが、傘を持っていましたので、濡（ぬ）れませんでした。帰（かえ）り道（みち）に、お弁当を買いました。家に帰って、テレビを見ながら、お弁当を食べました。それから、雑誌を読んだり、チャットしたりしました。

6月3日（土）　曇りのち雨

文法説明

1. 敬體與常體

例　コーヒーを飲みます。　　（喝咖啡。）

　→　コーヒーを飲む。

　きのうは寒かったです。　　（昨天很冷。）

　→　きのうは寒かった。

　今日のテストは簡単でした。　（今天的考試很簡單。）

　→　今日のテストは簡単だった。

以「ます」、「です」等結尾的句子稱為敬體。句尾不帶「ます」、「です」等的句子稱為常體。對上司、長輩或不太熟悉的人一般使用敬體。另外，在朋友、家人等比較親密的人之間的會話則可用常體。

2. 常體的疑問句

例　この映画、見た？↗　　（你看過這部電影嗎？）
　あした、暇？↗　　（明天你有空嗎？）
　－　うん、暇（だよ）。（嗯，我有空。）

常體的疑問句一般省略表示疑問的助詞「か」，改用「見た？」的形式並提高句尾語調來表示疑問。另外，在名詞及ナ形容詞的疑問句中，會省略「です」的常體「だ」。肯定回答時，因「だ」的語氣比較強烈，所以一般會加「よ」等終助詞來緩和語氣，或是直接省略「だ」。

3. 事故で電車が20分遅れました。

例 **病気で学校を休みました。**（因為生病而向學校請假。）

助詞「で」表原因、理由，中文譯成「因～而～」。

4. 男性用語與女性用語

例 **（男性用語）彼女の料理、うまいんだよ。**（她做的菜很好吃。）
（女性用語）彼女の料理、おいしいのよ。

（男性用語）軽くて便利だよ。（又輕又方便。）
（女性用語）軽くて便利よ。

怎麼説呢？

常用網路用語

日本語	中国語	日本語	中国語
アクセス	連結	掲示板 （けい じ ばん）	討論區；公告欄
アップロード	上傳	ブログ	部落格
ダウンロード	下載	書き込み （か こ）	留言
ホームページ	首頁	検索エンジン （けんさく）	搜尋引擎
サイト	網頁	ハッカー	駭客
アドレス	網址；帳號	迷惑メール （めいわく）	垃圾信件
オークション	拍賣	メルマガ (メールマガジン)	電子雜誌
お気に入り （き い）	我的最愛	リンク	相關網站連結
オンライン	上線；線上	ログイン	登入
降りる （お）	下線	ログアウト	登出

筆 記 欄

第 12 課　ビールが冷やしてあります

単語

🔘 CD 44

⓪	かざる	飾る（飾ります）	［動Ⅰ］	裝飾
⓪	あく	開く（開きます）	［動Ⅰ］	打開
②	おちる	落ちる（落ちます）	［動Ⅱ］	掉落
⓪	きえる	消える（消えます）	［動Ⅱ］	消失
③	たおれる	倒れる（倒れます）	［動Ⅱ］	倒下
②	たおす	倒す（倒します）	［動Ⅰ］	弄倒；推翻
③	こわれる	壊れる（壊れます）	［動Ⅱ］	倒塌
②	こわす	壊す（壊します）	［動Ⅰ］	弄壞；毀壞
②	なおる	直る（直ります）	［動Ⅰ］	恢復；痊癒
②	なおす	直す（直します）	［動Ⅰ］	修正；治療
②	ひえる	冷える（冷えます）	［動Ⅱ］	變冷
②	ひやす	冷やす（冷やします）	［動Ⅰ］	冰涼
①	つく	付く（付きます）	［動Ⅰ］	點著；開著
②	しまる	閉まる（閉まります）	［動Ⅰ］	關閉
⓪	とまる	止まる（止まります）	［動Ⅰ］	停止
⓪	ならぶ	並ぶ（並びます）	［動Ⅰ］	排隊

169

0	ならべる	並べる（並べます）	［動Ⅱ］	排列
1	クーラー		［名］	冷氣機（英cooler）
1	ポスター		［名］	海報（英poster）
2	あな	穴	［名］	孔；穴
2	さとう	砂糖	［名］	砂糖
2	たてもの	建物	［名］	建築物
0	ゴミばこ	ゴミ箱	［名］	垃圾箱
0	でんげん	電源	［名］	電源
0	えだ	枝	［名］	樹枝
0	じゃぐち	蛇口	［名］	水龍頭
0	さく	咲く（咲きます）	［動Ⅰ］	開（花）
0	はる	貼る（貼ります）	［動Ⅰ］	張貼
0	おく	置く（置きます）	［動Ⅰ］	放置
2	ながす	流す（流します）	［動Ⅰ］	使其流動
3	ながれる	流れる（流れます）	［動Ⅱ］	流動

| いただきます | | | 我要喝／吃了；開動了 |

文型

1．[N]が[V]（自動詞）

2．[N]を[V]（他動詞）

3．[N]が[V]（自動詞）ている。

4．[N]が[V]（他動詞）てある。

用例

 CD 45

1．雨が降ります。

2．花を飾ります。

3．窓が開きました。

4．窓を開けました。

5．窓が開いています。

6．窓が開けてあります。

成對的自他動詞

自動詞	他動詞	自動詞	他動詞
落ちる	落とす	開く	開ける
消える	消す	付く	付ける
倒れる	倒す	閉まる	閉める
出る	出す	止まる	止める
壊れる	壊す	始まる	始める
直る	直す	入る	入れる
冷える	冷やす	並ぶ	並べる

会話

 CD 46

先輩：　ちょっと暑いですね。

陳　　：　クーラーを付けましょうか。

先輩：　はい、お願いします。あっ、窓が開いていますよ。

陳　　：　あっ、そうですか。閉めましょう。

（陳さんは窓を閉めました。）

先輩：　ああ、のどが渇きましたね。

陳　　：　冷蔵庫にビールが冷やしてありますよ。飲みませんか。

先輩：　いいですね。

陳　　：　どうぞ。

先輩：　いただきます。よく冷えていておいしいですね。

練習問題

1．例のように練習しなさい。

> | 例1 | 雨・降る | → | <u>雨が降ります。</u> |

> | 例2 | 花・飾る | → | <u>花を飾ります。</u> |

① 雪・降る → _____

② 花・咲く → _____

③ 雨・止む → _____

④ ポスター・貼る → _____

⑤ 荷物・置く → _____

⑥ 絵・かける → _____

2．例のように練習しなさい。

> | 例1 | カメラ・壊れる | → | <u>カメラが壊れました。</u> |

> | 例2 | パスポート・落とす | → | <u>パスポートを落としました。</u> |

① 火・消える → _____

② 店・閉まる → _____

③ 水・出る → _____

④ ジュース・冷やす → _____

⑤ ラジオ・直す → _____

⑥ 木・倒す → _____

3．例のように練習しなさい。

例　穴・開く　→　穴が開いています。

① 砂糖・入る　→＿＿＿＿＿＿＿＿＿＿＿＿＿＿＿

② 車・止まる　→＿＿＿＿＿＿＿＿＿＿＿＿＿＿＿

③ 時計・壊れる　→＿＿＿＿＿＿＿＿＿＿＿＿＿

④ ハンカチ・落ちる　→＿＿＿＿＿＿＿＿＿＿

⑤ 授業・始まる　→＿＿＿＿＿＿＿＿＿＿＿＿＿

⑥ 建物・倒れる　→＿＿＿＿＿＿＿＿＿＿＿＿＿

4．例のように練習しなさい。

例　ドアを閉めました。　→　ドアが閉めてあります。

① コーヒーを入れました。　→＿＿＿＿＿＿＿＿＿

② 花を飾りました。　→＿＿＿＿＿＿＿＿＿＿＿＿

③ ゴミ箱を置きました。　→＿＿＿＿＿＿＿＿＿

④ 名前を書きました。　→＿＿＿＿＿＿＿＿＿＿

⑤ テレビを消しました。　→＿＿＿＿＿＿＿＿＿

⑥ 本を並べました。　→＿＿＿＿＿＿＿＿＿＿＿

5．正しいほうを選びなさい。

（1）ごめんなさい。＿＿＿＿＿＿＿。

　　① おもちゃを壊してしまいました

　　② おもちゃが壊れてしまいました

175

（2）うるさいですから、＿＿＿＿＿＿＿＿。
　　① ラジオの電源を消しました
　　② ラジオの電源が消えました

（3）ボタンを押して、＿＿＿＿＿＿＿＿。
　　① 水が流れましょう
　　② 水を流しましょう

（4）鳥が木の枝に＿＿＿＿＿＿＿。
　　① 止まっています
　　② 止めてあります

（5）部屋はきれいに＿＿＿＿＿＿＿＿。
　　① 掃除しています
　　② 掃除してあります

（6）蛇口から＿＿＿＿＿＿＿＿。
　　① 水を出しています
　　② 水が出ています

6.（　　）の中にあるかいるを入れて、文を完成しなさい。

　　例 コンピュータが壊れて（いる）。

　　① 時計が止まって（　　　　　）。
　　② お金は財布の中に入れて（　　　　　）。
　　③ 机の上に新聞が置いて（　　　　　）。
　　④ 動物園の前に人が並んで（　　　　　）。
　　⑤ マンションの前にゴミが出して（　　　　　）。
　　⑥ 川にはきれいな水が流れて（　　　　　）。

文法説明

1. [N]が[V]（自動詞）
   [N]を[V]（他動詞）

> 例 窓が開きました。（窗戶開了。）
>
> 太郎が窓を開けました。（太郎把窗戶打開了。）

日語的自動詞表示自然發生的動作或自身狀況的變化，動作或行為不會涉及其他事物，所以通常不與「を」一起使用。常見的型態是

[N]が[V]（自動詞）

而他動詞會涉及其他事物（如[N₂]），所以通常與「を」一起出現，意思才完整。常見的型態是

[N₁]が／は[N₂]を[V]（他動詞）

不過，如果是表示移動或通過等動作，這類自動詞也會與「を」一起使用。這部分請參考第五課的文法說明第**6**項。

2. [N]が[V]（自動詞）ている。
   [N]が[V]（他動詞）てある。

> 例 窓が開いています。（窗戶開著。）
>
> 窓が開けてあります。（窗戶開著的。）

前句是表示眼前看到的情況是窗戶開著，而後句則是表示有人把窗戶打開，而且窗戶打開的狀態（結果）還持續存在。

你知道嗎？

諺語、慣用語

日本語	中国語
商いは数でこなせ。	薄利多銷。
急がば回れ。	欲速則不達。
鬼に金棒。	如虎添翼。
我田引水。	自私自利。
触らぬ神に祟りなし。	多一事不如少一事；別惹火燒身。
三人寄れば文殊の知恵。	三個臭皮匠，勝過一個諸葛亮。
塵も積もれば山となる。	積少成多。
泣き面に蜂。	禍不單行。
猫を被る。	假裝老實；假裝不知。
火のないところに煙は立たない。	無風不起浪。
焼け石に水。	杯水車薪。

索引

筆 記 欄

筆 記 欄

筆 記 欄

筆 記 欄

國家圖書館出版品預行編目資料

進階日本語 / 陳連浚編著. - -初版. - -
　臺北縣土城市：全華圖書，2008.06
　　面 ; 公分
　含索引
　ISBN 978-957-21-6597-3(平裝附光碟片)
　1.日語 2.讀本
803.18　　　　　　　　　　　97009907

進階日本語

作者 / 陳連浚　阮文雅　陳亭希　陳淑女　陳瑜霞

　　　　楊琇媚　鄭玫玲　鄧美華　劉淑如　川路祥代

執行編輯 / 張晏誠

發行人 / 陳本源

出版者 / 全華圖書股份有限公司

郵政帳號 / 0100836-1 號

印刷者 / 宏懋打字印刷股份有限公司

圖書編號 / 09093007

初版二刷 / 2013 年 2 月

定價 / 新台幣 350 元

ISBN / 978-957-21-6597-3（平裝附光碟片）

全華圖書 / www.chwa.com.tw

全華網路書店 Open Tech / www.opentech.com.tw

若您對書籍內容、排版印刷有任何問題，歡迎來信指導 book@chwa.com.tw

臺北總公司(北區營業處)
地址：23671 新北市土城區忠義路 21 號
電話：(02) 2262-5666
傳真：(02) 6637-3695、6637-3696

中區營業處
地址：40256 臺中市南區樹義一巷 26 號
電話：(04) 2261-8485
傳真：(04) 3600-9806

南區營業處
地址：80769 高雄市三民區應安街 12 號
電話：(07) 381-1377
傳真：(07) 862-5562

有著作權 · 侵害必究

23671 新北市土城區忠義路21號

全華圖書股份有限公司

行銷企劃部　收

廣告回信
板橋郵局登記證
板橋廣字第540號

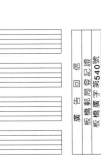

歡迎加入　全華會員

● 會員獨享

會員享購書折扣、紅利積點、生日禮金、不定期優惠活動…等。

● 如何加入會員

填妥讀者回函卡直接傳真(02) 2262-0900 或寄回，將由專人協助登入會員資料，待收到
E-MAIL 通知後即可成為會員。

如何購員　全華書籍

1. 網路購書

全華網路書店「http://www.opentech.com.tw」，加入會員購書更便利，並享有紅利積點
回饋等各式優惠。

2. 全華門市、全省書局

歡迎至全華門市 (新北市土城區忠義路 21 號) 或全省各大書局、連鎖書店選購。

3. 來電訂購

(1) 訂購專線：(02) 2262-5666 轉 321-324
(2) 傳真專線：(02) 6637-3696
(3) 郵局劃撥 (帳號：0100836-1　戶名：全華圖書股份有限公司)
※ 購書未滿一千元者，酌收運費 70 元。

OpenTech 全華網路書店
www.opentech.com.tw

全華網路書店 www.opentech.com.tw
E-mail: service@chwa.com.tw

2011.03 修訂

讀者回函卡

填寫日期： ／ ／

姓名： 生日：西元 年 月 日 性別：□男 □女

電話：（ ） 傳真：（ ） 手機：

e-mail：（必填）

通訊處：□□□□□

註：數字零，請用 Φ 表示，數字 1 與英文 L 請另註明並書寫端正，謝謝。

學歷：□博士 □碩士 □大學 □專科 □高中・職

職業：□工程師 □教師 □學生 □軍・公 □其他

學校／公司： 科系／部門：

· 需求書類：

□A. 電子 □B. 電機 □C. 計算機工程 □D. 資訊 □E. 機械 □F. 汽車 □I. 工管 □J. 土木

□K. 化工 □L. 設計 □M. 商管 □N. 日文 □O. 美容 □P. 休閒 □Q. 餐飲 □B. 其他

· 本次購買圖書為： 書號：

· 您對本書的評價：

封面設計：□非常滿意 □滿意 □尚可 □需改善，請說明

內容表達：□非常滿意 □滿意 □尚可 □需改善，請說明

版面編排：□非常滿意 □滿意 □尚可 □需改善，請說明

印刷品質：□非常滿意 □滿意 □尚可 □需改善，請說明

書籍定價：□非常滿意 □滿意 □尚可 □需改善，請說明

整體評價：請說明

· 您在何處購買本書？

□書局 □網路書店 □書展 □團購 □其他

· 您購買本書的原因？（可複選）

□個人需要 □幫公司採購 □親友推薦 □老師指定之課本 □其他

· 您希望全華以何種方式提供出版訊息及特惠活動？

□電子報 □DM □廣告 （媒體名稱 ）

· 您是否上過全華網路書店？（www.opentech.com.tw）

□是 □否 您的建議

· 您希望全華出版那方面書籍？

· 您希望全華加強那些服務？

～感謝您提供寶貴意見，全華將秉持服務的熱忱，出版更多好書，以饗讀者。

全華網路書店 http://www.opentech.com.tw 客服信箱 service@chwa.com.tw

親愛的讀者：

感謝您對全華圖書的支持與愛護，雖然我們很慎重的處理每一本書，但恐仍有疏漏之處，若您發現本書有任何錯誤，請填寫於勘誤表內寄回，我們將於再版時修正，您的批評與指教是我們進步的原動力，謝謝！

全華圖書 敬上

勘 誤 表

書 號		書 名		作 者
頁 數	行 數	錯誤或不當之詞句		建議修改之詞句

我有話要說：（其它之批評與建議，如封面、編排、內容、印刷品質等・・・・）